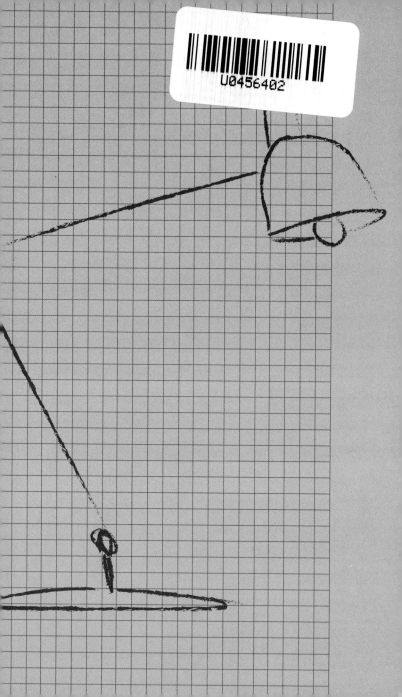

U0456402

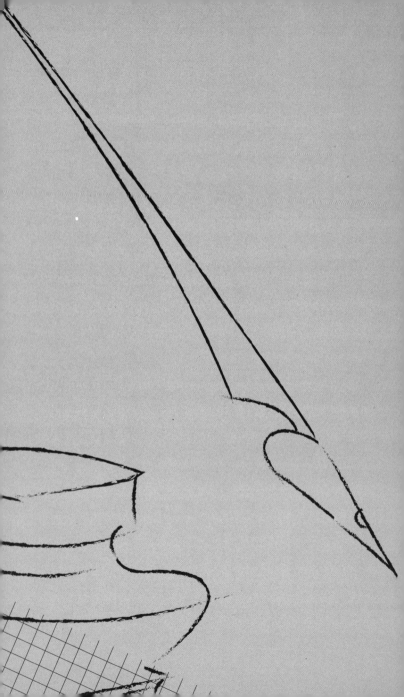

知 的 生 活 習 慣

知性生活术

とやま しげひこ

〔日〕外山滋比古 著

李佳星 译

从容面对
人生
后半场

外语教学与研究出版社
北京

目录

前言

近代以来，知识一直是社会发展进步的核心动力。弗朗西斯·培根之"知识就是力量"便是其预告。在尊重知识的思潮下兴起的近代教育中，学校在传授知识上自然是不辞辛劳，却把生活忘在了脑后，很少关注生活本身的重要性。而一直以来，人们对此竟习以为常，几乎从未意识到其荒谬之处，实在是不可思议。

学校要求学生以学习知识为第一要务，以为只要能学得知识便万事大吉了。这种做法明显有失偏颇，可几乎没有人会对其加以反思。这样一来，学生不堪承受学校压力的案例层出不穷，也就不足为奇了。

如果说在小学阶段实施"生活缺失"的教育利弊孰大尚有待商榷，那么在初高中阶段若还采取这样的教育方针，则无疑将弊病丛生。

既然人类自己无从觉察轻视生活的危险，自然规律只好亲自下场给我们一些教训。这些年来，由不良生活习惯引发的疾病与日俱增。医学界对代谢综合征等疾病也逐渐重视起来，开始呼吁大众培养良好的生活习惯，政府甚至不惜用奖金去鼓励人们多散步。

但就算到了这步田地，普罗大众依然不曾对生活有过任何深入的思考。他们不明白习惯即是生活，生活习惯才是至关重要的东西。

"习惯是人的第二天性"这句英国谚语深解生活习惯之深义：生活习惯可以给人带来几近重生再造般的变化。

养成良好的生活习惯可以帮助一个人超越先天禀赋的限制,变得更加优秀。不过近代以来我们却缺乏这样的智慧。而且,使我领悟到这一道理的竟然是一句古老的谚语,细想之下更觉意味深长。在近代以来的教育模式下长大的人,单靠自己恐怕很难领悟这一道理。

不良生活习惯致病的现象愈演愈烈,其根源在于我们具体的日常行为,换言之,在于我们以饮食和起居为主的生理方面的生活习惯。

然而人除身体之外还有心灵。如果把与身体相关的生活习惯称为生理性生活习惯的话,与心灵相关的生活习惯即可谓是形而上的生活习惯。"形而上"这个词可能有些装腔作势,我更愿意称其为"知"的生活习惯,即智识或精神上的生活习惯。

现代社会充斥着海量的信息,导致精神状态欠佳,甚至精神障碍的现象在人类社会频繁出现,因此单有健康的生理性生活习惯是远远不够的。

若能在智识、精神上养成良好的生活习惯，心灵便有了活力之源，人生也能变得更加充实。"知"的生活习惯能让人如脱胎换骨般焕然一新。从这个意义上来说，它比字面意义上的生活习惯对人生的影响更为深远。

一个人如果连自己的生活习惯都无法掌控，那他距患上代谢综合征也就不远了。有意识地通过"知"的生活对自我加以改造，是每个人不可或缺的生存智慧。通过养成良好的"知"的生活习惯让自己变得更加优秀，也是一种全新的生活方式。只要肯重视生活，一点一滴地改善生活，我们就能不断改造自我，甚至获得凌驾于禀赋之上的能力。

可以说在当下这个年代，我们都生活在计算机的威胁之中。面对计算机的挑战，单靠增长知识的话，我们胜算渺茫；不过，若有良好的"知"的生活习惯加持，便无须忧心了。这本书便是此类想法的合集，一本思考生活的随笔。每个人的生活都自有其独特性，无法模仿复制，因此我也没有劝人效仿的意思，只求能为读者提供些许微不足道的参考案例，如此便足矣。

第一章　刺激头脑

写日记

虚荣心
—— ┃ 必不可少　　我的一个年轻同乡曾向我诉说他的苦恼：大学毕业后在一个还不错的公司干了几年，莫名有种陷入瓶颈、丧失自信的感觉。他虽年轻，却言语老成，不时提及"生活方式""思考方式"之类的词汇，看起来是个认真而正派的人。

于是我问他："你平时有坚持写日记的习惯吗？"

年轻人似乎有些不好意思。

"那个……实在是没怎么写过。曾经有好多次想坚持写来着，但总是没多久就放弃了，都怪我意志太薄弱。"

"不能坚持写日记，不一定就是意志薄弱。但可以肯定的是，假如你一门心思认定是这样，说不定你就真的会变得意志薄弱。依我看，这样的想法还是不要为妙。坚持记日记向来都不是件轻而易举的事，任谁都是如此，但不能就此便丢掉了写日记的虚荣心。"

"虚荣心？"

"自古以来，写日记的大多是精英阶层，只有文化人才会去写日记。在古代，写日记的一般都是贵族文人，现代人通过写日记去效仿那样的文化生活——这么做自然是出于虚荣心，但绝非坏事。尤其是在人年轻的时候，为虚荣而完善自我、发奋图强的情况并不少见，绝对不容小觑。"

这段谈话之后，我回顾起了自己写日记的经历。

样式
不变 |————

大概是因为生于文化贫瘠之地，我周围向来没有人会去写日记。我最初知道"日记"这个词，还是因为它是暑假作业中的一项。7 月 28 日（星期五），晴。29 日（星期六），阴。至于几点起床的，那天又做了什么，因为是隔了好久才想起来补写的日记，记忆已经模糊不清了。想不起来，却又不敢胡编乱造，一时不知如何是好，便扔在一边不去管它了。直到快开学了，那一栏栏的空白已变得触目惊心，良心也随之麻木起来，我才胡乱应付一番将它们填完了事。其他孩子是否像我一样应付差事，我不得而知，但如此这般炮制出来的日记总是让我心生厌恶。班主任也无暇去一篇篇细读——即便有时间，他们也没有这般的教育热情。他们只会拿起刻有"已阅"字样的圆圆的小印章，啪地按上去——此外再无任何批改痕迹。

对我而言，写日记虽算不上无聊，但至多也就是众多可有可无的事项之一而已。之后，战争爆发，我应征入伍，战争结束后历经波折上了大学，又费心费力地当上老师，日子就这样没滋没味地一天天过去。

我教书的地方虽是名校，但工作却毫无乐趣可言。与我在学生时代曾做过兼职教师的学校相比，虽然这里的学生素质高了很多，但教育工作带给我的成就感却已然不可同日而语。

如果生活一直这样继续下去，一切都将无法挽救。我开始不安起来，最后终于下定决心，道明去意。忘了是校长还是主任曾嫌恶地对我说道："在如此优秀的名校工作，却轻率地提出辞职，以后的简历上也会留下污点。"俗不可耐的老家伙，趾高气扬什么，我一路这样想着。回到家里，我生出了把这样的想法记录下来的念头，便找出一直写得断断续续的日记，将这些无聊的想法事无巨细地记录下来。从那时起，我开始真正写起了日记。回想起来，那已经是差不多六七十年前的事情了。从那时起的每一天我都留有墨迹，无一日空白。

最初的几年里，我每年都会买新的日记本。年末时，从堆积如山的日记本中取出一册，拿在手里仔细品读，也堪称一件赏心乐事。不过，自我陶醉也会让人觉得无聊，来自心底的"这就满足了吗？"的声音却出乎意料地清晰。这样的念头也是写日记的乐趣之一。

我记得是在昭和三十三年（1958 年）的时候，博文馆[1] 将我编号 NO.2 的日记买走了。我不知道他们为何对这本日记如此感兴趣，但

一 日本的一家出版社，社址在东京。

对打破了他们的出价纪录却颇为得意。我讨厌没有价值的日记——当时冒出的这个念头，我至今都记得清清楚楚。

博文馆不仅是日记出版方面最为优秀的出版社，对写日记的人的想法也洞若观火。年复一年，他们做的日记本样式没有丝毫变化。甚至连书匣、装帧都没怎么变——当然每年会与之前有所区别，但核心的部分从来不曾改变。毕竟是一年到头三百六十五天打照面的日记本，稍一用便散架的话，委实令人扫兴。写日记如同埋头跑马拉松——准备不足的话，便随时可能中途掉队。

匣子也必须结实，无论被如何粗暴地对待都能完好无损，这样才能让人安心。曾经有很长一段时间，我虽每天要取用日记本多次，却并没有专门装日记本的匣子。把十年、十五年的日记一本一本地摆在面前时，我会莫名感怀，感觉它们熠熠生辉，同时也会不由得想，这就是我的人生全集啊！如今，我的日记已经超过了五十本，书架已然放不下了，我便只好将其中一部分移到他处。此前一直念兹在兹的如需紧急转移该如何是好的担忧，也渐渐被放下了。

日记是
一日决算 |

某月某日（星期二），晴（或者阴），每天写这些玩意，有时连我自己也会觉得傻里傻气。某天是晴是雨，往往并无必要去弄个一清二楚。小学生的暑假日记上也有天气一栏，除了让事后补写日记的孩子们抓耳挠腮以外，似乎也别无用处。那个年代并不像今天这样可以轻松查询到天气记录，没订报纸就意味着别无他法。反正随便写写也不用担心被骂，所以大家干脆都是胡写一通。

步入社会之后，我写日记时也常常会自我怀疑。本来假如不是有特别意义的场合，过去的天气是晴是雨根本无关紧要。天气预报虽然经常出错，但对于大众来说还是聊胜于无。与之相比，日记里记录的天气简直不值一文——如果这样说太过分的话，那也可以换句话说，就是它没有丝毫的实用价值。

谁来登门拜访过，谁曾打电话过来——只要对方没提到特别重要的事情，就没有记录在日记中的必要。没几句正事的泛泛之谈、日后也无须挂怀的日常琐事，这些也都可以果断略去不记。

除了那些举足轻重的大人物，凡人大可不必担心日记会成为未来的史料。对于我等平凡百姓来说，不厌其烦地记录每天在何处与何人商谈何事，除了把自己的日记弄成流水账以外毫无用处，而且会让真正重要的东西被湮没。日记本留给每一天的篇幅只有那么短短一页，事情稍稍复杂便会写不下。但若过于精简，日后自己读起来又会摸不着头脑。况且，人在写日记的时候，笔迹也往往比平时更加潦草。两相叠加，日记简直成了名副其实的"乱笔乱文"[1]。

不过日记最为实际的用途还是在于记录人情往来。亲友的红白喜事，相互给了多少礼金或唁金，有日记在，一切就一目了然了。不过在通货膨胀如此严重的日本，十年前的这些记录不仅难以作为参考，会否更添迷惑也未可知。

所以说，日记的实用价值几乎可以忽略不计。但即便如此，人们还是乐此不疲地坚持写日记。大家这么做或许是出自一种错觉，认为坚持写日记能获得升华精神境界的力量。从这一点来看，日本或许是

[1] 日本书信末尾常用的谦辞，"草草写就，不知所云"之义。

世界上日记信徒最多的国家。

　　从历史的角度来看，《土佐日记》[1]也好，《更级日记》[2]也罢，都是日记体的文学作品。而欧洲人直到晚近也鲜有写日记的习惯。在日记方面，日本可谓遥遥领先。

　　如果写日记的习惯已经坚持了几十年，人们便不会轻易停下来了。即便是在病中无法动笔，日后想起时也会凭着记忆努力补上，否则便会心有挂念，郁郁寡欢。"坚持就是力量"一言，说的便是已经养成的习惯难以轻易戒除，这与戒烟、戒酒或可说是一个道理。

　　日记毫无用处。即便已隐约觉察到这一点，人们依然会停不住笔地赶着写日记。还是不要停下来吧，这样的想法会反复悄然出现，我自己也确实深有体会。

　　至于文章开头提到的我的那个小老乡，我建议他每天制订日程表，而不是写日记。并不是说事情做完了就算了，实际上，今后该如何做才是真正重要的。看看国会你就会知道，预算委员会往往是备受重视的

1　日本平安时代的一部日记体文集，成书于935年，作者为纪贯之。

2　日本平安时代中期的一部日记体文集，作者为菅原孝标女。

部门，甚至会在电视上直播。相比之下，决算委员会虽然也颇具实力，但受到的关注度却大不一样。这不是我有意轻视决算委员会，而是对于大多数人来说，预算委员会明显更加重要。

日记就相当于一日决算，如果没有与之对应的一日预算，那才是真正的咄咄怪事。决算虽然重要，但连预算都没有的决算，单从程序上讲，也是说不过去的。正因如此，我才会贬低日记的意义，转而推荐日程表。下一节，我会详细讲述这一问题。

文字使人
记忆退化

上古时候，人类曾经历过只有语言而无文字的漫长时期。我们所能追溯的最久远的文字，其产生时间也并不算早。时至今日，仍有人过着与文字完全隔绝的生活——甚至为数不少。

文字对文化发展有着极大的促进作用，这一点毋庸置疑，但随着文字的出现，有些东西也不可避免地被我们丢失了，其中之一便是记忆力。在文字尚未产生的时代，重要的信息无从记录，人们只能将其全部刻入脑海，通过记忆去保存。因此，对人类而言，记忆既是信息保存的重要手段，也是唯一的方法。我们无从确切还原那个时代人们的生活，但推而论之，他们拥有比现代人更加优秀的记忆力，这一点是确凿无疑的。实际上，生活中大部分的事情都因未被记住而不可避免地被湮没了。各个国家的神话故事都极其缺乏生活细节，其原因可能就在于此。

可以想见，随着文字的使用，人的记忆力是会逐渐退化的。即便没能当场记住，有文字记录在，人也觉得安心。长此以往，记忆力便渐渐退化了。

因为无法借助文字记录，盲人遇到的困难之多超乎想象，但此消彼长，他们的记忆力却往往出奇地好。其中最引人注目的例子便是江户时代的大学者塙保己一[1]。他虽自幼失明，但一心向学，终成和学大家，编成《群书类丛》及众多其他书籍，著作等身。如此令人难以置信的成就，假如他视力正常，可能会无法达到。

[1] 塙保己一（1746—1821），日本江户时代后期的盲人国学家、文献学家。除《群书类丛》外，还编有《武家名目抄》《史料》等多部著作。

重要的是在
脑中做笔记

某天清晨，一位老师在去学校的路上，看到一名拄着白色探路杖的年轻盲人迎面走来。"某某老师，早上好啊。"老师大惊，问他怎么知道自己是谁。年轻的盲人说道："我上过您的课，每周都会听到您经过走廊时的脚步声。"

据说当时那位老师惭愧不已，问了学生的名字，却仿佛毫无印象。他眼睛能看见，记忆力却退化了。

还有另外一个学生的故事。他从乡下高中考到东大 [1]，在同乡前辈的引荐下，拜访一位曾在东大教书的老学者，向他请教做学问的心得。

"我总是做不好笔记，该怎么办呢？"学生问道。

"还是不做笔记的好。上课认真听讲就行了。"

"那事后忘记了岂不是很麻烦？"

"不麻烦，忘了的东西就随它去。不做笔记，反而能把至关重要的事情记得更牢。"

尽管有老先生的指教，但他还是不敢不做笔记，就这样和其他人一样做着普普通通的笔记，一路毕业了。之后过了数年，他

一 东京大学的简称。

赴德国留学，却发现德国学生根本不会急着做笔记，而是聚精会神地听课，至多也就是听到某些数字的时候记一下。这令他感佩不已，不由想起当年老先生曾对他说过的话。

文字与记忆似乎总有些水火不容。仰赖文字，记忆就会相应退化。而即便不记笔记，最重要的事情也不会被忘记。有些人小心翼翼地做着笔记，到头来却把笔记的内容忘得一干二净——当然也不能说得太绝对，但人一记完笔记，就会想着这下可以放心了，松了一口气的同时，自然会更加容易忘却。

曾有一位记忆力惊人的和歌诗人，一般人总是会用日程笔记本记录日程，但他既不用笔记本，也不用日程表。"全部都在脑子里记着呢。"他总会这样说。他为自己的记忆力自豪，实际上他确实连一年前的会面都能记得清清楚楚："那天下午的日程排得满满当当，第二天一整天都没什么事。"这让旁人惊讶不已。

但毕竟年岁不饶人，上了年纪后，他也开始健忘起来，经常记错日程，不得不像普通人一样求助于笔记；刚开始用时喜不自胜，觉得果然是方便呢，但好景不长，没过多久笔记本就被弄丢了，引发了好一场慌乱。一年前的会面内容都能记得清清楚楚的人，自从开始借助笔记本之后，记忆力就不断衰退，竟连一周前的事情都记不住了，经常陷入手足无措的窘境。

或许记忆看到你做了笔记，便觉得自此一切与我无关了，可以神游天外地玩耍了。照此道理，那些人们想要忘记的事情，反而更应该被笔记记录下来。如今这世道从来不乏人们想赶快遗忘的烦恼之事，不过是因为没有人认真考虑过记录的遗忘效果而已。

用遗忘
整理大脑

正如开篇所说，坚持写日记并不如普通人认为的那样难能可贵。将坚持写日记视作罕见品质的观点幼稚之极。觉得日记可以作为将来的考古资料之类的想法更是滑天下之大稽。日记这玩意儿，想写就写，想停就停，无伤大雅。比如我，虽几十年来在写日记上孜孜不倦、日日不辍，但自从步入老年，也开始不拿日记当回事了，私以为这也是一种进步。

有时我会突然发觉，写就意味着容易忘，想忘掉某些东西，最好的办法就是把它们写下来。同样的道理，为了让大脑高效率地工作而不断往里塞各种知识，也必然是南辕北辙。果断忘却，细心整理，才是保持头脑清醒的必然之法。遗忘对保持头脑清醒的作用巨大，甚至超乎想象——这是我最近才有的想法。

结合这两种想法，我发现此前不曾意识到的日记的妙用，突然在我眼前变得清晰起来。

我们的大脑每天都面临着大量的刺激——信息、知识、言语包围着我们的生活。对大多数人而言，大部分信息都如马耳东风，去不留痕，只有重要的东西才能进入大脑。尽管每个个体存在差异，但总体而言，进入我们大脑的信息要比我们想象中的多很多。如果放任不管，就会头昏脑涨，所以我们的睡眠中会有专门用于忘却的"雷姆期睡眠[1]"这样的阶段，帮助我们清除无用的记忆——想想我们的大脑被各种

1 英文为 REM（Rapid Eye Movement），即快速眼动睡眠期，在该阶段中，身体进入熟睡状态，但大脑仍保持清醒。

无用的破烂填满会是怎样一种景象。雷姆期可以起到净化的作用，马不停蹄地排除记忆垃圾，因此我们在早上起来才会感到头脑清楚。

在被称作信息化时代的今天，纷纷扰扰地挤进我们头脑的东西远比以往多。对人类而言，仅靠自然进化出的雷姆期睡眠，已经不足以将垃圾信息清理干净，残余的垃圾信息滞留在大脑中的风险也越来越高。如何高效率地遗忘居然成了现代人的重要课题，要是放在古代，这种现象恐怕无论如何都难以想象。

这样想来，写日记与其说是为了免于遗忘，毋宁说是为了让头脑更好地去遗忘和整理。试想，所谓雷姆期睡眠，也不过是人体无意识地、自动地记日记而已。

通过写日记，我们可以将很多东西埋葬在当日。日记本上没有那么多地方供我们事无巨细地一一记录，时间也不允许。这样一来，我们在无形中就舍去了很多东西。

况且，在你用文字记录的同时，你心中某处仿佛也会响起一个微弱的声音："可以放心了，已经全记录下来了。"然后在你本人毫无察觉的时候，你的大脑便开始清理垃圾。写完日记时你所感觉到的那种快感，便可被视为经历了遗忘、清理了垃圾之后心情畅快的表现。

如此想来，日记也算是为升华人生而记。人们可以通过写日记忘记一个昨天，迎来一个精力充沛的明天，天天如此，日日不休，其效用比之雷姆期睡眠亦不遑多让。

日记就是为了忘记无用之物而记。

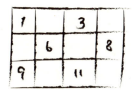

立计划

生活第一，
—— | 艺术第二[1]

与那些朝九晚五的上班族相比，学校老师的生活相对自由不少。尽管如今的大学考勤日渐严格，每周至多去学校两三次的老师依然为数不少。即便是那些无福消受此等便利的老师，也至少可以在下午才有课的日子一直睡到日上三竿，更不用说晚上还可以优哉游哉读书直到深夜，而不用担心第二天无法早起，实在是逍遥

[1] 二十世纪上半叶由日本的一位文学家提出，旨在鼓励人们更多地关注现实生活本身，寻求生活与工作的平衡。

自在。

　　我在年轻的时候，总是对这样的工作钦羡不已，误以为能够不为时间所左右地去读书，便是过上了真正高贵的生活，却从来没有怀疑过读书是否如我所设想的那般意义非凡。其实稍加思考便可意识到，在那样的工作中，时间必然更多地为消遣所占据——如果连这种起码的反省都没有，便可谓是精神上的怠惰。只有对这种精神怠惰毫无反思、毫无察觉的人，才能"愉快胜任"那样一份工作。

　　如此说来，我那些年长的前辈之所以看起来总有种疲惫不堪的感觉，死气沉沉，缺乏活力，或许是因为事业上无法更进一步，而且已经不可避免地陷入人事纠纷之类的无聊琐事中了。他们也曾是头角峥嵘、意气风发的学术工作者，如今却沦为凡夫俗子，甚至变得俗不可耐。看着他们，我不由会想我虽起点颇低，但坚决不要变成他们这个样子。不过，对于究竟该如何做到这一点，我却毫无头绪。

　　就在那时，我第一次接触到"生活第一，艺术第二"这一理念，心中颇受触动。我曾摆出一副一门心思做学问的架势，虽然心中明白绝少有人能真正一辈子潜心向学，却仍然以其装点门面，自欺欺人地觉得只有俗人才会去考虑现实生活。

不知不觉中，这一理念越发深入我心。有时我甚至觉得，明治维新以来比它更智慧的名言屈指可数。有些人非常伟大，却依然果断地将生活放在第一位。我由此幡然醒悟，开始对自己的生活产生怀疑，然后惊讶地发现自己居然一直在虚度光阴。不过，我也并没有急于思考该如何建构自己的生活。当时我并没有采取具体的行动，只是在头脑中树立起了"生活第一"的观念。

制作
── 日程表

就在这个时候，我偶然读到一则关于美国某个经营顾问的故事。究竟是在报纸还是杂志上看到的，我已经记不清了，但是故事的内容我却清清楚楚地记在心里，一直没有忘记。

那位经营顾问年轻的时候，曾给一位乡下小工厂的经营者出主意。

"把每天想到要完成的事情一一记录下来。"

"然后根据重要程度排列顺序。"

"再然后，按照顺序一个一个地处理。"

"请这样坚持三年试试，如果没有成效，我不收顾问费。"

经营者接受了他的建议，并且一丝不苟地照做了。到第三年的时候，一张大额支票寄到了顾问的家里。这位经营者就是现在全美第一大钢铁公司——美国钢铁公司的老板。

这样的日程表让人恨不得马上效仿，但它只不过是个大致框架，具体事项是不会被记录在表的，还得靠自己动脑去记忆。

制订日程表首先要考虑的问题便是时间与地点。我在年轻的时候有每天雷打不动地写日记的习惯，有时也会想着顺便把第二天的计划罗列出来，但实际情况总是不尽如人意。我开始隐约想到，日记和计划莫不是一对不共戴天的仇人？在一日即将结束的夜里，头脑疲倦地写着日记，回顾一天的生活，还要转换思路，制订第二天的计划，这让人委实难以提起兴致。

于是，我转而寻求在每天清晨将起时制订一天

1:00	2:00	3:00	4:00	

5:00	6:00	7:00	8:00	
醒来	起床	7:20 早饭	NHK 《小小旅行》 8:00–8:25	

9:00	10:00	11:00	12:00	
散步、去寺 庙、购物	原稿《预定》 （上午十点开始）			

13:00	14:00	15:00	16:00	
午饭 （一点半）	午睡	原稿 《朝寝》	图书馆 查资料	

17:00	18:00	19:00	20:00	
短途散步	晚饭	写信及 明信片	日记	

21:00	22:00	23:00	00:00	
就寝 （九点半）				

的计划。所谓"将起",便是在真正起床洗漱之前，躺在床上想入非非的大约一个小时的时间。这时头脑开始活跃起来，用这段时间来考虑一天的计划再合适不过，毕竟制订计划或许可以说是每天的第一件工作。

可以考虑使用一张比明信片略大的纸，制订每天的计划表。

早晨精神太抖擞的话，人容易 看报纸 ｜────

产生"贪婪"的错觉，用力过猛地

推出一个欠考虑的日程表；这样一来，自然就会给一天的工作留下尾巴，让人扫兴。所以我们要尽量按捺住不切实际的激情，脚踏实地地干完一项打一个对号，没完成的就画一个叉。倒不是为了给别人看才这么做，而是为了那个刺眼的叉所带来的难堪——往往在这种难堪的刺激下，我们才会尽力去收拾残局。

不过，每日的事务虽会早早地被列好次序，但临时调整也经常不可避免。

做完一项，画个对号，然后进行下一项。最后临睡前，在"就寝"一项上打对号，爬上床，心想："这一天总算过去了，还算令人满意。"这种满足感也颇让人陶醉。与之相对，因感冒而卧床不起，日程表也不做，一整天窝在床上翻来覆去地看报纸——这种无所事事的日子便是所谓的"凶日"（black day）。

我已记不得自己是从什么时候养成这种制订日程表的习惯的，但这已经无关紧要了。总之，这个习惯对我的工作帮助颇大。另外，不知是不是一种错觉，我总感觉与没有制订日程表的时候相比，我的工作量确实变多了不少。

我能养成早起的习惯，日程表着实功不可没。每天我都会提醒自己在十点前就寝，甚至渐渐连电视都不看了，这也是因为有日程表。当然，只有NHK的《小小旅行》例外，我仍是每集必看，此外顶多就是瞟几眼每晚七点的新闻。要是整天盯着电视，就什么都干不成了。

我订了两份报纸，无事可做时便读报消遣。不过后来视力衰退，不拿放大镜便看不清新闻的内容，我就只好做一个"标题读者"了。对于必须借助放大镜读报的人来说，现在的报纸页数实在太多了。不过，虽然烦恼多多，看到有趣的新闻时，我还是会高兴一下。前几天有新闻说用药物抑制尿酸难言明智，每日多喝水（两升），尿酸便可自然降低了，让我颇为震惊。新闻还说，尿酸并不一定是坏东西，相反，它还起着清除自由基的作用，我觉得这一点非常有趣。

制订月度计划

上班族在制订日程表的时候，往往喜欢使用带日程表的笔记本。我在很久以前也曾用过这种笔记本，但觉得空间过于狭小，所以往往只会简略记一下会议的时间和地点。会议当场使用的那种笔记本，可以让人事无巨细地把会议内容都记录下来。

我觉得单做当日的计划表不够充分，因而也曾试着以周为单位制订计划，但效果不佳，于是转而尝试制订月度计划——这是我在制订每日计划很久之后才开始做的事情，但至今也有二十多年了。

　　制订月度计划表需要使用大概三张明信片那么大的纸。计划表里每一格左侧为会议预约等事务，右侧为各个出版社的交稿日期。

　　这样的月度计划表用过之后亦可继续保留。每个月用不同颜色的贴纸区分即可。下方的空白栏可以用来记录下个月的安排。每天看看这个计划表，可以起到警告自己不要怠惰大意的作用。其实日日无所事事绝非幸事，因为虚度光阴的感觉总会如影随形，我心里总是在催促着自己：再忙一些，再忙一些。

10

October

2014

平成

二十六年

	日 ●	月	火
	5	6	7
		G社采访 T社原稿	NHK访谈
	12	13	14
	Y报纸原稿		同U女士会面
	19	20	21
		N社原稿	
	26	27	28

9

日	月	火	水	木	金	土
	1	2	3	4	5	6
7	8	9	10	11	12	13
14	15	16	17	18	19	20
21	22	23	24	25	26	27
28	29	30				

11

日	月	火	水	木	金	土
						1
2	3	4	5	6	7	8
9	⑩	11	12	13	⑭	15
16	17	18	19	⑳	21	22
23	24	25	26	27	28	29
30	31					

11/10 京都演讲

11/14 C 社晚餐会

11/20 环保会

水	木	金	土 ●	
1	2	3	4	
	登山会	S社签售会		
	P社原稿			
8	9	10	11	
C杂志 连载		俳坛聚会		
15	16	17	18	
		环保 俱乐部		
22	23	24	25	
S社 原稿			联句会	
29	30	31		
W杂志 原稿				

用遗忘整理头脑

什么是有益的遗忘 |————

忘事绝非一件好事。多少人在为避免遗忘重要的事情而挣扎苦恼。随着齿岁渐增而变得渐忘的人并不少见。人们日夜祈祷，要是什么事都能记得一清二楚该多好。

与这种让人苦恼的遗忘相反，有一种遗忘则是可遇不可求般宝贵的，那便是能让大脑高效工作、有所创新的遗忘。现代人一味地恐惧遗忘，却从未意识到有些遗忘能起到意想不到的作用。

用胆固醇打个比方。人们最初认为胆固醇对身体有害，近来的研究却发现某些胆固醇对维持身体健康起着不可或缺的作用。胆固醇也随之被分为有益的和有害的两种，我们在做血液检验时，两种类别的胆固醇的数值是分开显示的。

遗忘也大致是同样的道理——并非所有遗忘都是有害的，有益的遗忘也无处不在。现代教育在这一点上缺乏认识，因而培育出的人才有时头脑不太灵光。而当下的很多知识分子对此连最起码的怀疑都未曾有过，更是滑天下之大稽。从现在开始帮助受教育者培养善用遗忘的习惯也是亡羊补牢，为时不晚。因此，我曾多次在书中对遗忘的功用大书特书。

但是，我此前也犯了将所有遗忘混为一谈的错误。后来我反省了自己之前将所有遗忘都鼓吹为好事的做法，开始意识到应将遗忘区分为有益的和有害的两种，避免有害的遗忘，鼓励有益的遗忘。有害的遗忘意味着大脑机能的衰退，而有益的遗忘却能让大脑更好地工作。

不问青红皂白地一味恐惧、嫌恶遗忘的做法并不可取。同样的道理，固执地不承认有益遗忘的做法也有失偏颇。要知道，遗忘可以让我们的头脑陷入瘫痪，同样也能让其更加灵活。

专心学习，痛快玩耍

"专心学习，痛快玩耍"这句标语，在二战前的日本小学里可谓处处可见。但小孩子其实不明就里。"专心学习"尚且容易理解，无非是对那些不爱学习的孩子的训诫。不过"痛快玩耍"就不那么容易理解了。平时在家里，"别玩了，快过来帮忙！""快去学习！"之类的训斥对小孩子而言几乎是家常便饭，但"快去好好玩耍！"之类的话，他们却一次都没听到过。

为什么要特意强调"痛快玩耍"呢？只有特立独行的孩子才会有这样的疑问，一般的孩子往往不问缘由便顺从地接受了。有些颇有离经叛道的勇气的孩子会去问他们的班主任："为什么要我们'痛快玩耍'呢？"而老师们则往往语塞词穷，说不出所以然。这句话不仔细想想，还真是不好回答。

我也不敢说自己就能圆满地答出这个问题，但有些想法可供大家参考。我认为这句标语应该是出自一句英国谚语。

"All work and no play makes Jack a dull boy."（只学习不玩耍，聪明孩子也变傻。）这一谚语曾在英国广为流传。听闻这句谚语的日本人觉得不好从字面直译，便将其转译为"专心学习，痛快玩耍"。如果我的推测成立的话，这样"漂亮的"翻译，其实是有些过头的。

实际上，并没有哪个学生能光学习而不玩耍，不管勤奋与否，大家多少都会小憩一下。

整天只学习，人容易变傻。游戏虽然不是学习，但要是整天什么都不做，把时间全耗在游戏上，人的大脑就会变成所谓的"游戏脑"。整天沉迷游戏的人同样会变成傻瓜。无论是学习还是玩耍，单做一项而忽略另一项，人的认知能力就会变差，这才是我们应该注意的地方。"专心学习，痛快玩耍"是一句关乎人们健康的口号，并且如今我们也可以这么说："善于学习，善于遗忘。"

消化
知识

所谓学习，便是将知识装入大脑的过程。

将知识装入大脑，并且不致其遗失，这

便是记忆的力量。记忆存储知识的过程，与人类吃东西的过程相似：如果狼吞虎咽吃到胃胀，以后便再也提不起胃口了。

人体会在肠胃里消化吃进去的食物。假如肠胃无论遇到什么都原封不动地接收，那肚腹很快就会无地可用。消化就是人体只吸收食物精华，而将其他无用之物舍弃，排出体外。

消化、排泄不顺畅便会导致消化不良、便秘，甚至肠梗阻，严重时会危及生命。食物摄取之重要性自不必多说，消化、排泄作为食物摄取的必要配套环节，其重要性也丝毫不逊色。我们自己的身体很清楚这一点。

通过记忆汲取知识，就相当于我们把食物吃进肚里，多余的或者说难以消化的东西也会跟着一块进来。要想免于便秘或者肠梗阻，消化活动不可或缺。遗忘便相当于是消化。

新事物或者新知识会不断进入大脑，人一旦懒于消化，其后果不堪设想。实际上，适当地吸收消化，然后用遗忘舍去多余之物，与记忆的作用几乎同等重要。不会遗忘，后果可不只消化不良那么简单，而是会引发相当危险的症状。因此，一味地厌恶遗忘并不是一个好现象。

在现实生活中，我们经常会不小心忘掉某些重要的事情，以致手忙脚乱。从孩提时代开始，我们就被耳提面命"不要忘了"，这让我们不知不觉地陷入了对遗忘的恐惧中。这种遗忘是有害的遗忘，与作为头脑消化环节的有益遗忘是两码事。意识到其中的区别，加强有益遗忘，或许是让头脑更好地工作的唯一方法。

用雷姆期睡
眠清理大脑

有益遗忘正在人类的精神活动方面起着越来越重要的作用。这一机能较弱的人，认知能力也不会高。

在如今的信息社会里，我们暴露在前人无法想象的知识、讯息等外部刺激中，正因如此，我们才必须发挥有益遗忘的作用。与从前相比，现在有越来越多的人饱受精神不安之苦，其原因之一便是遗忘机能的不健全。

要想保有健全的遗忘机能，仅仅依靠人类的意志是不够的。因为人有时会对遗忘有所懈怠，而这可能会导致严重的后果。好在大自然的巧妙安排可以让我们避免此种危险。

不必有意去遗忘，因为自然而然地，我们就能遗忘。晚上睡觉时，我们会经历好几次雷姆期睡眠。在此期间，大脑会自动将不需要的东西删除——将之前进入大脑的海量资料分类整理，然后舍弃不必要的东西。不用我们刻意努力，每天我们的大脑都在对垃圾信息进行大扫除。

早上睁开眼，你会觉得头脑比其他时间段更加清醒，这是因为经历了一宿的大扫除，头脑变得更加活跃了。雷姆期睡眠不好的话，第二天早上睁开眼，你会觉得对什么都提不起兴致。

平淡无奇的日子里，当我们不用耗费脑筋去大量获取新知识的时候，单靠雷姆期睡眠便能实现充分遗忘。不过，假如在日常生活中信息过剩，并且这些信息又都是复杂且琐碎的东西，那么单靠本能的雷姆期睡眠，它们是无法被清理干净的，"垃圾"仍会残留在脑中。早上起来昏昏沉沉，做任何事都无心且无力，长此以往难免神经衰弱。为此烦恼的人数之不尽，但能意识到其根源是缺乏有益遗忘的人却屈指可数。

遗忘的
—— | 方法　　　　雷姆期睡眠是人类固有的生理现象，不过生活在信息过剩的今天，我们还有必要主动增强遗忘的能力。不承认有益遗忘存在的人自然从来不会作此努力，因而成了现代版"只学习不玩耍，聪明孩子也变傻"的诠释者。

平日里我们总是在为如何记住而苦恼，而一旦真想忘记什么，又总是无法轻易忘掉。那些记忆派恐怕至死都意识不到遗忘的重要性。遗忘，委实比记忆更难。

过去人们想要遗忘什么的时候，便把自己灌得酩酊大醉，直到天旋地转，醒来时甚至不知身在何处，这样一来不愉快的事情也一并被忘掉了。过去的人往往采用该方法，即所谓古典遗忘法。然而这种办法于健康有害，每每喝得酩酊大醉也不是好事，况且这种简单粗暴的应对方式也不是每次都管用。

流汗也是一个好办法。大汗淋漓往往让人心情愉快，令人讨厌的记忆也会随之溜走。运动员中头脑清晰的大有人在，或许便是出汗的功劳，相比只顾学习的那些人，运动员罹患神经衰弱的概率要小得多。运动让人头脑清醒，学习起来也更有效率，这就是所谓的"文武之道，一张一弛"。

泡澡出汗也能达到相似的效果。泡澡时人们的头脑会变得更加兴奋，或许便是出汗的缘故。阿基米德在入浴时想出浮力定律，大喊着"我发现了！"飞奔出去，这便是其中一例。

举办耗时长的会议时，主办方会专门设置茶宴或茶歇。大家喝些茶，大脑中迷迷糊糊的令人不快的钝感便不可思议地消失了，奇思妙想也更加容易涌现出来。手艺人也会借抽支烟的当口稍作休息，整理好心情之后，干劲儿也会更加高涨。这便是生活的智慧。若不知休息，一味地埋头工作，就会导致过劳，后果不堪设想。虽然我最近为了健康已远离香烟，但我却无法否认，有时一支烟确实能让人头脑清醒、干劲儿十足。烟和酒都能起到促进有益遗忘的效用。

不过吃饭却和喝茶正好相反，会妨碍大脑的正常运转。咽下食物之后，血液会集中到胃部，大脑便会相应地供血不足。饭后从事繁重的工作总让人力不从心，这便是所谓"饭后休息不可少"的道理。

中国古代曾有做事的"三上"[1]一说，此说也可以从方才的角度来理解。所谓"三上"即"马上、枕上、厕上"，人在这三种状态下，容易忘记其他不必要的事情，自然更方便把注意力集中在眼前的事情上。"马上"便相当于在我们现代的通勤公共交通工具里；这段从一切事务中解放出来的自由时间，倘用漫画打发过去，就实在是太浪费了。

知识与思考的区别

前些天，我偶然在杂志上看到了卡西欧计算器株式会社的名誉会长樫尾俊雄[2]先生的讣告，还附有一段简短而精彩的生平介绍。其中写道，樫尾先生向来把"不抄袭、不模仿"挂在嘴边，能够咬定这样的原则不放松的人，在日本实在少见，或者说简直没有，我们日本人什么都抄，美

1 出自欧阳修《归田录》，原文为："余平生所作文章，多在三上，乃马上、枕上、厕上也。盖惟此尤可以属思尔。"

2 樫尾俊雄（1925—2012），卡西欧公司的创办者之一，在『樫尾四兄弟』中排行第二，负责研发工作。

国人甚至不屑地叫我们"copy cat"。这样的揶揄并不完全是凭空捏造，我们肯定有让人诟病之处。但樫尾先生却是国人中的异类。

据说作为经营者的他曾断言："会思考与有知识是两码事，有知识会成为发明的障碍。"即便是在学者和研究者中，能够这般明辨知识与思考之分的，又有几人呢？所谓"学习专家""博学之士"中说不出如此切中要害之言的也大有人在。

在我们考虑问题时，多余的记忆反而会有掣肘之弊。知识与思考并非合作愉快的伙伴。相反，通常一个人知识越多，越没有思考的必要，渐渐也就越少思考。需求是思考之母，倘若现成的知识能满足需求，那便用不着思考了。长此以往，有的人说不定逐渐连思考本身都忘记了，自然也就不知道该怎么去思考。

在写论文的人身上，也能看到知识与思考的相悖性。为何努力学习、知识渊博的人会更容易借用、利用甚至盗用他人知识成果，进行论文造假呢？倒是平时不怎么学习的人，因为无法借助他人的知识，反而能根据自身判断来写论文；虽然往往写不出像样的大作，但其中不乏独具见地的闪光点。知识储备不够，想法反而更加自由，也更富个性。"不学无术之徒"让"学习专家"相形见绌，实在是不可思议。

知识当然是必不可少的。暂时将无知的情况放一边，知识妨碍自由思考才是最大的问题。那么如何避免这种妨碍呢？

获取知识后不要急于应用，而是暂时等一段时间，利用有益遗忘将知识分解、净化。在时间的作用下，知识会自我改造、升华，或许会变得不那么准确，但却更加富于能动性，这种经过提炼的知识与思考并不对立。

知识是宝贵的，但是不经加工地汲取知识会阻碍我们思考。那些对思考有益的知识，都是有益遗忘的"漏网之鱼"。

会思考与有知识虽然有别，但独立于知识之外的思考也是不存在的。

有益遗忘与文化创造的原理是相通的。

利用图书馆

逃出
家去

　　我家附近那座区立图书馆的三层有
一个阅览室，里面摆着五张简陋的大桌
子，每张桌子周围摆放着八把椅子。每天上午阅览
室里的人屈指可数，只有一些看上去已经退休的老
年读者翻阅着晦涩难懂的大书。那光景多少让人于
心不忍，不由得悲从中来。我想，他们大概是因为
在自己家待不住才来这里的吧——我又何尝不是这
样，所以也不知该对这种情况作何评论。

　　区立图书馆离我家只有几分钟步程。我离开大

学后，无法再继续使用研究室，虽然自家书斋环境上佳，但总是无法沉下心来。其实厨房的锅铲声并不会打搅我，无奈我鼻子特别灵敏，总感觉饭菜的气味盘旋不散，让人心烦意乱，所以就去图书馆以躲避这种干扰。我每天十点出门，在图书馆待到十二点再回来，吃过午饭之后，下午两点复又出门，伏在阅览室桌前，一口气待到天黑。

我在图书馆很少读书，大多数时间都是一门心思写东西。在那里我的工作效率极高，周围的闲杂人等仿佛都不复存在。图书馆真是个好地方啊！有时我会不知不觉地盯着天花板这样自言自语起来。

借书

1 岩濑文库：一著名私人古书博物馆，创立于1908年，馆藏各种古籍善本约八万册，创办者为西尾市实业家岩濑弥助。

我与图书馆的不解之缘说来话长。小学时，我家住在爱知县的西尾，离家不远的地方有一座"图书馆"，步行十分钟即到，是我儿时经常玩耍的地方。虽然附近的人们都把它叫作"图书馆"，但"岩濑文库"[1]才是它真正的名字。我那时还只是一名小学生，自然也不觉得这个藏有许多知名古籍善本的地方有多么了不起——
想必当时连大人们都不知道呢。小学生去"图书馆"
自然不会老实看书,实际上它附近的公园才是我们
真正的目的地——逗弄公园里的猴子和火鸡才是真
正的目标。许多老人也会带着孩子去公园闲逛。

公园的池塘对岸有一座书院造[1]建筑,平日里总
是拉着白色的窗帘,让人无从一窥究竟。偶尔一次窗
帘卷起,我隐约看到里面有人影晃动,那人书生打扮,
一身和服,正煞有介事地写着什么。后来我才听说那
是在做抄本。这在复印机大行其道的今天恐怕有些令
人难以置信。做抄本的人据说是从大学过来的,但直
到今天,我都搞不懂他们为何要穿一身和服。

之后过了十几年,我在大学里结识了一位读国
文科的好友,有一次我提到自己曾住
在岩濑文库附近,他大为震惊,连声
说想去朝圣一番,约我下次务必同行。

明治年间,爱书如命的轻便铁
道社长岩濑弥助每到年末,便怀揣
现金前往神田神保町[2],四处收购古
书。这便是岩濑文库的由来。

[1] 主要形成于日本中世末期至近世初期的住宅样式,残存至今的代表性书院造建筑有银阁寺的东求堂等。

[2] 位于东京都千代田区北部,因附近大学较多,明治时代以来聚集了许多书店及出版社,是东京著名的图书圣地。

　　虽然住得很近，但从小学到去东京读书，我始终也没有跨入岩濑文库一步。我真正常去并曾借过书的是九段下[1]一个叫作大桥图书馆的地方——我已经记不清最初是从哪里听到它的了——规模不大，却颇为雅致，这是我人生最初的图书馆。学校官僚气息浓厚的图书馆则令人生厌，我平日里不过是从那儿借些闲书聊作消遣；阅览室倒是相当气派，每个人的桌子上都有单独的照明灯，不过这样一来反而给人平添不适，让人无法产生亲近之感。

　　我进入东京文理科大学时正逢战争时期，每天被连续不断的勤劳动员[2]催逼着，生活被重体力劳动填满，但偶尔无须劳动也没有课业时，向学之心反而分外高涨起来。我校的英文专业有自己单独的图书馆，藏书数千册，剑桥学派[3]时新的文学研究书目一应俱全。与文学概论、文学批评理论相关的藏书之丰，全日本除此之外别无二家。学界有一位叫山路太郎的副教授，在我们上大学时已然仙逝，他是剑桥学派代表人物在

1　位于东京都千代田区。

2　1945 年 3 月，日本政府为补充劳动力以及防御空袭，发布了『国民勤劳动员令』，征召民众参加劳动。

3　由英国剑桥大学的学者组成的研究流派，领域涉及经济学、哲学、宗教、语言学、文学等。

日本最优秀的学生。

我在这里阅读了大量文学理论、文学批评方面的书籍，这座图书馆也成了我日后职业生涯的源起之处。

之后日军战败，美军登陆日本，CIE 图书馆[1]便如雨后春笋般相继出现。东京的 CIE 图书馆在日比谷，我初次去的时候，面对前所未见的开架式图书馆[2]有些不知所措。这种图书馆要求在出口处接受开包检查——仿佛日本人都是品行不良的窃书贼——实在是无趣得很，所以我去过两三次之后便兴味索然了。

从那以后，我有近五十年没在图书馆待过。看白借的书是学不到东西的，所以不管多麻烦，我都会锲而不舍地想方设法从国外买书回来。当时官方汇率是一美元兑三百六十日元，一英镑兑一千零八十日元，但在进口书商那里，兑换汇率往往比这更高，一美元兑五百日元、一英镑兑一千五百日元都是家常便饭。这样折腾了几年，我忽然意识到自己有些傻里傻气，便开始逐渐控制从国外买书的花销，转

[1] 第二次世界大战后，盟军最高司令官总司令部下属的民间情报教育局在日本设立的图书馆，旨在向日本人传播美国的政治、社会以及民主理念。

[2] 即借阅者可以从书架上直接取阅资料的图书馆，与之相对应的是闭架式图书馆。

而从学校的图书馆借书。

离开大学之前，图书馆在我眼中单纯是用来借书的地方。直到失去了研究室之后，我才意识到，图书馆还可以是读书和工作的绝佳场所。

▎休息

我曾经为自己可以伏在桌前，或读书或工作，连续一两个小时不起身而感到自豪，后来我才意识到，这种做法并不可取。

引发我思考并使我醒悟的，是一系列关于"经济舱症候群"[1]危及生命的案例。这些案例告诉我们，保持同一姿势久坐是一件相当危险的事情。我对此闻所未闻。为什么会危险呢？根据我一点一点拼凑起来的知识，这似乎是因为当人在座位上久坐不动时，距离心脏较远的腿部血液流通不畅，容易产生血栓，如果血栓跟随血液上行，就容易引发致命疾病。

有一次我去医院体检，也被医生告诫不要长时间保持同一姿势。当时医生似乎是说这样会造成什么地方充血。

一 由长时间坐在狭小座位上引发的血栓症，会导致呼吸困难、肺部静脉栓塞等。

在图书馆坐得久了，人自然会累。那些对所谓"经济舱症候群"一无所知的人，坐的时间长了，也一样会感到疲劳。这大概就是身体在表明你需要休息了。由此我不禁想到了学校的课时划分：每节课一个小时，之后是课间休息，而不是一味延长授课时间。去年，东京某公立高中因为安排学生上午下午都上同一门课而备受诟病，最终没坚持几天便宣告失败。同样地，长时间保持同一个姿势也确实不是什么好事。

因此，我在图书馆工作的方式也改变了。每工作一个小时，我便起身活动：上个厕所，或是出门散步一圈，走到旁边的小公园，坐在长椅上仰望晴空，口渴时便去自动售货机上买罐咖啡喝。

天气不好的时候，我便去一层阅览室翻一翻最新的学术期刊或流行杂志。可我最想看的杂志往往被别人捷足先登，退而求其次找往期的，却又发现不全，似乎还真有"窃书君子"将其据为己有。无奈之下，我只能拿一本美国的《时代周刊》看看，这本杂志似乎门前冷清一些，从来不用担心抢不到。

短则十分钟，长则二十分钟的休息之后，我便

会回到三楼继续工作。由于中断了之前的思路，刚
回到桌前时难免会有些茫然。在写作的日子里，午
休似乎并不是件好事，因为它容易让人丢失状态，
这时连续几个小时埋头苦干反而是明智之举。不过
读书的日子又另当别论，还是午休的好。

| 动笔　　图书馆确实是一个适合写作的地方。在
———　　　　家里是不行的，一会儿一个电话，接起
来一听，要么是问你需不需要维修屋顶，要么是推
销墓地，或者是推销合理避税的方法——简直没有
一个正经电话，却害得人过不了多久就得起身去应
答一次，实在让人吃不消。在书房安个分机吧，铃
声响起的一刹那又会让人心惊肉跳，几乎心脏病发
作。所以在家写作是完全不行的，只有去图书馆才
能清净，全无这些乱耳劳神之事。也曾经有些中学
生在图书馆小声聊天被我提醒，不知道是不是这个
缘故，之后我再没见他们来过。

投入的时候我可以完全忘记身边人的存在，一
心只顾工作。这样在图书馆一共写出过多少本书我

已经记不清了。要是写作中遇到拿不准的地方，三步开外便是书架，各类词典更是一应俱全。对我来说，图书馆不是借书、读书的地方，而是书房——甚至比书房更能让工作进展顺畅。

听说伦敦的大英博物馆中有个英国第一阅览室（reading room），人们去那里也更多是为了写作。卡尔·马克思的《资本论》就是在那间阅览室里写成的。

我们的区立图书馆毫不起眼，只有小小的单人桌，但它也是一个"reading room"，足以供人在此写作。

在前些天的一次会议上，我遇到了俳句诗人中村草田男的千金——研究法国文学的中村弓子。她如今已退休，被授予名誉教授的头衔。我们是老相识，已久未见面，聊天时便谈到了图书馆的话题。

"我也经常去图书馆，真是个好地方呢！"她兴奋地对我说。

我说："图书馆有种紧张的学习气氛，身在其中，受其影响，不知不觉中也会充满干劲儿……"

读词典

| 背词典　　　"我们不会就这样查一辈子词典吧？"

我的同班同学，在教室里经常坐我旁边的清水光彦曾经这样向我小声抱怨。七十年后的今天，那声音仿佛仍旧回荡在我耳边。

当年，我们一起进入东京高等师范学校的英文系时，正值战争爆发的前夜。而到清水君向我如此抱怨时，已经是战中乱世，这时还动辄"一辈子"云云，不免有几分幼稚可笑。但即便是在那段战争与死亡的阴影压得人喘不过气的时期，英文系的学生们仍然自得其乐地钻研着英语——不知我们是过于老实，还是过于迟钝，抑或大家都是怪人。

现在回想起来，词典所教给我的，远比老师或者课本更多。有段时间我甚至觉得，词典真是这世上无与伦比的珍宝！

我最初接触词典是在升入旧式中学时，那时新生入学需要购买学校指定的国语词典、汉和词典各一本。身为中学生的我那时并不明白此中深意，老师也从未解释过为什么要同时购买两种词典。但又大又厚、几乎可以当枕头用的词典，还是能激起中学生的虚荣心的。那时候购入的《大字典》我直到今天仍然时常翻看。

英语课指定购买的词典是由冈仓由三郎编著的《我的英语词典》，这是本极其优秀的词典，每个例句都配有译文，令人受益匪浅，可说是中学生的不二之选。我连课间休息时都经常手不释卷。直到升入中学三年级之后，我才把这本词典读完。当时我想起那个某人把背过的词典撕碎吃掉的传说，心中暗自得意。同年级里没人像我这样读词典，而在不知不觉中，我的英文也越来越好了。

成为《牛津英语词典》的信徒

进入东京高等师范学校之后，我第一次听说了《牛津英语词典》。当时有位叫渡边半次郎的老师是个词典狂人，在词典问题上格外挑剔。要是课堂上有学生说错了某个词，便会被他逼问："这意思你从哪里查来的？""从《简明英和辞典》上查到的。"学生回答，随即便被他抢白一番："你那不叫词典，不过是便携字典，回去查真正的词典！"

真正能被渡边老师视作词典的，从大到小数来，无外乎《牛津英语词典》（OED），包括其前身《新英语词典》（NED），接下来是稍薄一点的两卷本《牛津英语大词典（简编本）》（SOD），然后是《牛津简明英语词典》（COD），更小的便是《牛津袖珍英语词典》（POD）。再小的，比如《牛津英语小词典》（LOD）之流，是入不了渡边老师法眼的（《简明英和辞典》便来源于 COD，因此 COD 也连带着遭到他的嫌弃）。

渡边老师每天早上四点起床，然后精读十三卷的 OED，直到吃早饭的时间才停下来，这一点在学生间传为佳话。渡边老师极力推荐学生使用 OED，学生一旦在翻译时理解错了某个词汇，便会遭到训斥："哪个词典写着这个意思？"学生说："*POD* 里面是这么写的啊。""怎么可能！……你看，果然没有吧，不过平时有查 *POD* 的习惯还是值得鼓励的。"说着渡边老师还会露出欣慰的笑容。

我在学生时代大体上算是 *POD* 的信徒。战争时期，从英国进口的图书全部断货，我只好去神田神保町的旧书店四处翻找，每有所获便忍不住欢呼雀跃，赶紧掏钱买下。中学时代便通读《我的英语词典》的我，此时自然而然也和 *POD* 成了好友。只是这次我不再从头到尾按顺序通读，而是随意打开一页，然后不紧不慢地细细阅读。

在日本的国语词典中，"北"这个词条的解释往往是"方向的一种，与南相对"这样的泛泛之解。而在 *POD* 里面，north 这个词条的解释却是："春分 / 秋分日时，面向落日站立于赤道的人的右手方向。"

一般来说，同一系列的大词典、中词典、小词典，其内容往往是逐级缩减的，但在那时的牛津系列词典中，情况却并非如此。牛津的大词典并不一定兼收小词典中的内容，比如 *OED* 可以说是包罗万象的大词典，但在相当于其孙辈的 *POD* 中，却有着在 *OED* 中都查不到的内容。我想，日本人中能发现这一点的，大概只有渡边半次郎老师那样的寥寥数人吧。

我们也曾一味地以为 *POD* 比 *OED* 格调更高。我曾经一得闲便抱着 *POD* 啃，阅读的过程中，发现 numeral（数词）一项下，有着其他牛津系列词典里没有的释义。这个释义并不是查词典时能够一目了然的内容，所以很少有人细细阅读。由于这段内容横跨两页，所以我来回读了不止一遍。忘了是第几次阅读的时候，我发现了其中的错误之处。那个释义是这样的：x parts=(x-1)/x。如果按照这样的解释，three parts 就变成了三分之二，但实际上 three parts 应该是四分之三才对。所以说，正确的解释应该是：x parts=x/(x+1)。

我将这些内容发表在了自己主编的《英语青年》杂志的专栏里，之后便收到了自称英语词典编修专家的人的驳斥。我将这篇驳斥文章也发表在杂志上，同时还致信牛津大学出版社，询问是否确实是编修错误。牛津大学出版社很快便给了我回复："正如您所说，词典中收录有误，再版时将予以修订。"他们没有东拉西扯地找理由，而是爽快地承认了错误。

国语词典也要随手翻

我向来以为日本的国语词典中没有什么拿得出手的东西。日本人是编不出 *OED* 这样的优秀词典的，因为我们总是过于浮躁，无法静下心来精雕细琢。一些面向学生的实用词典也往往只是在随身词典的领域里打转，小型辞书更是远远落后于英国，且错误连篇，害人不浅。

然后《日本国语大辞典》面世了，与 *OED* 相比，这部词典论部头毫不逊色，在质量上却难以匹敌。

当然，国内能有《日本国语大辞典》这种级别的词典问世还是值得欣慰的。我家里并没有这本词典，想看的时候还得去图书馆才能找到。《新明解国语辞典》我倒是一直放在案头，几乎每天都要仰赖其力。虽然我也想更频繁地使用它，但我视力委实下降得厉害，即便使用放大镜也很难看清词典上的小字，用起来很费力。

平时和家人聊天的时候，倘若遇到某些词汇问题，我会迅速求助于《新明解国语辞典》。如果查完还是不明白的话，我就会转而去查《大辞林》。一般来说，《大辞林》的人气可能更高，近年来我也极其信任《大辞林》，并且常常用到它。

比如在遇到某些将"ら"（日语的假名之一）省略的词汇时，单看新闻的上下文我总是有些摸不着头脑，查询《大辞林》之后，一切便了然于胸了。

就在昨天，有朋友送给我一些叫作"豆打饼"的特产，好像说是他家乡还是什么地方的特产。"豆打"这一我国东北方言里的词汇，我自己也经常用到，但一直不知道其确切含义，遂干脆查询一下《大辞林》：

ずんだ【豆打】焯水后磨碎的毛豆，可用作凉拌菜的调味料。东北地区的叫法。

记
笔
记

初遇笔
记狂魔 | ————

　　由于自小在乡下长大，对于一些风雅之事，我自然是一窍不通的。初中时我校的校长是位小有名气的俳句诗人，但学生们对其文坛地位不甚了了。那位校长经常在上课时提起吟咏俳句之事，每当看到或者想到某些有趣的事物时，即使正在散步，他也会立即停下来，把它们记录在笔记上。甚至连他散步的习惯本身，对于我们这些乡下少年来说也是件稀罕事，所以我们自然也就对做笔记一事肃然起敬。但究竟该如何做笔记，做了又有何用，我们当时自然是无从知晓的。

实际上，我直到完成学业，到中学教书时，才真正亲眼观察到别人如何做笔记。我一进学校就被分配到班级里做班主任，那时一个年级共有五个班，我负责其中的一个。年级主任是一位年长的体育老师，喜欢动辄开一些不知所云的无聊会议，让人厌烦透顶。开会时，那位年级主任会掏出一个小本子，在上面写个不停，还会聊闲天似的提醒一句："我可是都会记下来的，没想清楚不要乱说话哟。"——一开场就让人兴味索然。

后来我渐渐对这种套路习以为常，开始忍不住想，这样事无巨细地一通狂写，会不会反而在不经意间把真正重要的东西忽略了呢？不过那时的我只是一介新人，自然不敢随意开口询问。后来我又想，会不会是因为他记忆力太差，不把事情写下来转眼就会将其抛诸脑后呢？他一直教体育，记忆力用进废退也说不定。反正至少在当时，我是丝毫没想过要去效仿那位笔记狂魔，让自己也养成做笔记的习惯。

然而"报应不爽"，十年后，我自己也成了一个笔记狂魔。

　　改变的契机，是我听说了一位英国笔记狂魔的故事。T. E. 休姆[1]，这位著名的天才文艺评论家、思想家，让我佩服得五体投地。我忍不住感叹世间居然有如此有趣的作品，即使读的是英语原义，其中乐趣也丝毫不减。从那之后的十几年间，我一直孜孜不倦地阅读他的英文原版文学作品和文艺评论，丝毫不曾动摇。在接触到休姆的作品之后，我深受触动，开始满怀赞许之情地沉醉于《思考录》之中。休姆人生的跌宕起伏也同样令人神往，他先是被剑桥大学开除，数年后在伯格森的劝说下复学，旋即再次退学，最后在一战的战场上结束了自己短暂而又传奇的一生。

　　我已经不记得是在哪里看到的了，据说我的偶像休姆竟然也喜欢记笔记，那些在俱乐部或者沙龙里谈话时突然冒出的念头，他都会习惯性地记录下来。休姆平时会随身携带一些明信片大小的纸张，每当心有所得，便抓紧时间记录下来。相比于那些整天想着整理别人谈话黑材料的人，像休姆这样专注于记录自身灵感的

[1] T. E. 休姆（Thomas Ernest Hulme，1883—1917），英国诗人、文学理论家和哲学家，英美意象派诗学理论的先驱。

人，用"笔记狂魔"去形容恐怕并不合适。当休姆去世后，赫伯特·里德[1]整理其遗稿并出版《思考录》时，这些记录其想法的卡片想必助力颇多。

笔记
—— | 整理术

知道这件事之后，我再也坐不住了，随即也效仿休姆做起笔记来。由于担心明信片大小的零散纸张容易遗失，我便用小本子代替。从此我开始埋头做笔记，日期什么的完全无视，一个事项记录完毕，便画道横线隔开，继续记录下一件。这样坚持下来，一眼望去，一页纸上往往记录着不下二十个事项。

在那段时间里，就连在学校上课时突然有新鲜的想法冒出来，我也会旁若无人地拿出本子当场记录下来。

然而渐渐地，在别人面前做笔记变成一件难为情的事，但要等到独自一人的时候再去记，我又已忘却大半。休姆式的笔记法固然无可挑剔，但总当着别人的面记笔记，难免沦为别人眼中的笔

[1] 赫伯特·里德（Herbert Read，1893—1968）英国诗人、艺术批评家和美学家。

记狂魔，委实让人颜面扫地。于是我决定，哪怕会漏掉些什么，也一定要等到独自一人时再记笔记，这个习惯我一直保持到现在。

我在最热衷于记笔记的那段时间里，经常一天写下几十条笔记，一年累积下来不下万条。我会在脑海中对它们依次编号，为不断变大的数字沾沾自喜，这几乎成为我的一种爱好。然而与此同时，光是买笔记本就成了一项累人的负担，不管我再怎么节约使用，一年下来也要消耗掉八九个笔记本。

兴之所至便长篇大论做笔记的日子持续了大概十几年吧，后来我渐渐觉得这种做法有些傻气。之所以这么说，是因为我记了那么多笔记，却从来都没有回头去读它们；有时下定决心复习一下，谁知道匆忙之中笔迹潦草，有些地方连我自己都辨认不出，读起来的费劲程度令人徒呼奈何。

但即便如此，我还是一直坚持将其中有价值的内容誊写到信纸上保存下来，不断去芜存菁。至于信纸我也是一分为二地使用，一册用来记录相对重大的问题，另一册用来保存一些小问题以及一些与紧急工作相关的记录。我就这样坚持了很长时间，不知不觉信纸笔记本越积越多，大事笔记竟然多达四十三册，小事笔记更是有七十三册之多。按照我编号的习惯，前者排到了肆仟肆佰多号，后者在我写下这段文字的时候已排到了壹万伍仟叁佰陆拾叁号。

那些年我随身携带的笔记本现在已经被扔到了书房的角落里，落满了灰尘。而这一百多册信纸笔记却被我视若珍宝地收藏在书架的第二层，每当看到它们，我都会不由得暗自感慨：来之不易呀！想到自己这一生的所思所想，大半都在这一百一十六册的笔记中了，其乐趣难以言表。我还是就这样一直做一个笔记狂魔好了。

一日之计
| 在于晨　　　青年时代的我，每天从一睁眼开始便惦记着记笔记的事情，齿岁渐增之后，却觉得这种行为几近浅薄的儿戏。因为不管怎么说，一天里冒出上百个念头是难言正常的。我开始反省自己，这才发觉把那些如梦幻泡影般虚无缥缈的念头误当作灵感，迫不及待地写下来的做法，简直滑稽到家。

　　还有一点体会就是，似乎只有在早上这段时间，我才能成功地捕捉灵感。现在回想起来，我之前总是心心念念地四处找寻有趣的想法，这种做法未免太过贪婪。还有，之前连在街上走路时我都在做笔记，要不是有交警从旁提醒，少不得会遇到交通事故。自省时回想及此，我不由得心惊肉跳。

　　对我而言，只有早上刚睡醒时的短短一段时间适合考虑问题。经过一夜的酣甜睡眠，一早起来神清气朗，当然，我不知道大脑里的具体情形如何，但想必比前一晚睡觉前要清爽得多。按照自然规律来讲，清晨本就是一天中最适合考虑问题的时间。不过我从一开始就没有在入夜后思考问题的习惯，假如一整天都在追求些奇思妙想，也未免有些莫名其妙。

　　所以，从大约十年前开始，我转而采用晨思笔记法。早上醒来，迷迷糊糊间考虑问题时，往往会有某些闪念不期而至，此时不妨将它们放在一边不理，片刻过后，曾经冥思苦想而不得的答案竟然也翩然浮现。那种已被忘得一干二净的事情再度浮现于脑海的感觉实在是令人心怀大畅。此外，晨思间还会有新的灵感不断闪现。

不过这算不上有多了不起的事情。前几天早上，我忽然想起了"感情内燃化"这个问题。从前我们把有意见不说、憋在心里叫作"腹诽"，用现在的话讲，话被藏在心里无从发泄，就会变成一种压力，一不留神，说不定就会变成引发溃疡的导火索；宣之于外而不是压抑于内，才是健康之道。上述道理大家不用细加思考也能明白，但再深一层的道理未必人人都晓得，那就是欲言又止虽于生理有害，但如果能妥善利用这种压抑产生的能量，是不是可以将其化作创新思考的能源呢？

不是将感情当场发泄出去，而是将其贮存于胸中，给内心施加压力，然后重新寻找目标，有意识地抒发出去，便能收获巨大的能量。正如汽油在空气中除燃烧之外别无用处，而在气缸之中发挥的作用则以马力计。所谓发奋图强，往往也是因为有感情郁结于心。

这样想来，将喜怒哀乐随性挥洒便很难被视为明智之举，就像将汽油放在空气中白白烧掉一样，最终难成大用。将感情深深藏在心底，咬牙忍耐，就如同将能源置于内燃机中，这样才能迸发出爆炸性的力量。

　　想到这里，我在枕边的纸片上写下了"感情内燃化"的笔记。

　　起床之后，我会再将其简略编入小事笔记中。

　　不断积累这样的笔记，实在是有趣极了。

编辑生活

出版
——| 一本书

从学校毕业之后，我历经波折成了一
名教师，说起来结果也算差强人意。

但某天下课后回到家，我却莫名陷入了忧郁状态。我
刻苦攻读的初衷是研究学问，如今却只能困在这里，
日复一日做自己并不擅长的教学工作，实在是令人情
难以堪。我并不指望自己能写出什么优秀论文一鸣
惊人，只想姑且先写出点什么，能发表再说。但话
虽如此，对于究竟要写些什么，我仍是毫无头绪。

与我的同事们相比，我在写作和发表文章上还

算颇有些天分。本来根本无须着急，可不知道为什么，我总忍不住焦躁。其他人都是从外文书上借鉴一些内容，再加工包装一下，然后拿去发表。我不愿效仿他们。我想写一些用自己的头脑思考出来并且自己能为之负责的东西。

但世道往往并不如我们料想的那般宽容，没人愿意给一个一文不名的年轻人机会。那段时间我闷闷不乐，对自己嫌弃到极点，有时明明遇到了发表文章的机会，却怎么也写不出来，只能徒呼奈何。

同学的朋友天野亮先生是一名参与过多本畅销书制作的知名编辑，却急流勇退，卖掉老家的房子以筹款，创办了垂水书房。天野先生与十几个同为英语专业出身的年轻人一一面谈，说服他们与他一起创办了非营利性的《新英文学风景》杂志。

我也是那些年轻人中的一员，从最初的面谈之后，我便想如果可能的话，希望能在这里发表文章。天野先生也没有从编辑和出版社的角度出发对我严加催问，而是像朋友一样一直鼓励我。那段时间我兢兢业业，写出了大约五十篇试论，按照翌年想出来的题目，便是后来的《修辞的残像》。

数年之后，垂水书房濒临破产，我正自暗叹时运不济时，筱竹书房的小尾俊人先生打来了电话。小尾先生在电话中说，他在一个名叫精兴社印刷厂的地方清理被取消担保的纸型时，看到了我的《修辞的残像》，决定将其出版。

我自然是喜不自胜，本以为永无出头之日的旧稿竟如奇迹般起死回生，实在是做梦都不曾梦到的事。

我小心翼翼地问小尾先生，如果《修辞的残像》都能出版，我那本在垂水书房出版后便悄无声息的《近代读者论》能否借机一并出版呢？没想到小尾先生很干脆地一口答应："没问题，那就两本一起出版。"实在是令人拍额称幸。

后来我了解到小尾先生和丸山真男[1]这样的大思想家是至交，感到非常意外，因为我与这位学者不仅几乎毫无交集，而且很多观点并不一致。按常理，小尾先生对我的作品应该不屑一顾才对。

不过，无论小尾先生是真的对此一无所知还是早已了然于心，他对我的作品都十分关照，毫不受其影响。《编辑论》

1 丸山真男（1914—1996），东京大学教授、政治学者、思想史家，日本战后民主主义思潮的领军人物。

《异本论》等等，粗略数来至少有十五本书都是筱竹
书房帮我出版的。

出版一本
畅销书

　　迄今在我打过交道的编辑中，
待我最为宽容的当属时任中央公
论社出版部长的和田恒先生。当时我虽在筱竹书房
出版了一些书，但却一直没有找到明确的工作方向。
我与和田先生就是在这时候相识的。

　　从中牵线搭桥的是我的老师田中美知太郎先生。
田中先生当时是中央公论社"世界的思想"丛书的
主编之一。这套丛书每出版一本书都会附上一本以
对谈方式解读的小册子，我是其中《古希腊哲学》
一书的对谈嘉宾。据说和田先生听闻此事后非常意
外：一个不过是啃过几年英文的毛头小伙儿，究竟
何德何能，可以作为嘉宾去和资深专家大谈特谈古
希腊哲学呢？但田中先生在对此一清二楚的情况下，
仍然点将由我担纲。

　　我携妻子抵达京都并在酒店安顿好之后，田中
先生设宴为我们夫妇接风，并把和田先生请来作陪。

拙荆在大学时代曾跟随田中先生学习拉丁文，是他当时为数不多的几个学生之一；田中先生能记住我，也是源于那时的数面之缘。

在圆山公园欣赏过夜樱美景之后，我们拜别了田中先生，与和田先生一起回到旅馆，喝着酒彻夜长谈。

回想起来，和田先生确实非常善于鼓励别人。他劝我不要荒废工作，想到什么就写什么，总之写下去不要停就是了。我被他的话打动，觉得有这样的前辈帮忙，自己一定能够写出新的东西。一年之后，拙著《日本语逻辑》（现由中公文库出版）出版时，我听说田中先生得知后老怀大慰。其实这都是仰仗和田先生的帮助。可那之后不久，和田先生就去世了。

《日本语逻辑》出版后不久，我又结识了讲谈社的天野敬子女士。彼时我正在御茶水女子大学工作，而那里恰巧是她的母校。天野女士向我询问《日本语逻辑》的印刷量和销售情况，我对这些事情向来毫不关心，自然说不出确切的数字，只好胡乱估计了一下，告诉她大概两万册。谁知她却一脸认真地告诉我："如果您拿到我们这里出版，可以卖到十万册。"可能觉得她是出于好意吧，我对这样的话语居然丝毫不厌恶。

已记不清后来又过了多少时日，天野女士成了专业杂志《书》的主编。她找到我，请我在杂志上撰写连载文章。我此前从未收到过此类约稿，便欣然同意了。

这些文章后来结集为《知的创造诀窍》一书出版。付梓前一天，天野女士大概是想起了之前那次关于十万册销量的对话。

"要不要打个赌？这本书如果能卖到十万册，就是我赢，卖不到的话算我输。到时候输的一方请客，怎么样？"天野女士向我发起赌约。这本书最终卖掉了大约三十七万册，赌约到期时早已轻松越过十万大关。我幸运地输掉了这场赌局，宴请了天野女士。

大约五年之后出版的《思考的整理学》（筑摩书房出版）算是《知的创造诀窍》的改编版，一开始销量不佳，但出版几近二十年后却突然畅销起来。

学习

我从未想到自己也会在机缘巧合之　编辑　|

下成为一名编辑，确切地说，是被迫成为一名编辑，毕竟我只是一个埋头苦啃五百年前的古英语的普通人而已。我对校对方法一窍不通，所供职的杂志社人手还不足，需要我事必躬亲，这样一来更是难上加难。我接手工作之后，杂志的销量也是日渐惨淡，又无人可听我一诉烦恼，故而每天苦不堪言，几乎烦闷欲死。好在当时有杂志主编福原麟太郎先生不断安慰我。福原先生是我大学和研究生时代的恩师，这时又给了我无数教益。

福原先生经常说起喜安先生的故事。由于他总是尊敬地称喜安为先生，所以我一直以为喜安先生是位学术大家，直到有次登门拜访后我才知道，喜安进太郎先生便是我那时担任编辑的《英语青年》杂志的前任老板。直至战争时期因管制令被迫将杂志转让之前，他一直是《英语青年》杂志社的社长。

大概是隐退后生活寂寞，有客登门时喜安先生很是欢喜。他谈兴高涨且妙语连珠，不知不觉中，主人和客人都忘记了时间。后来我又多次登门拜访，不经意间学到了许多编辑知识。

回头想想，承蒙先生教诲委实是一件幸事。直到现在我都会时常到先生墓前祭拜。先生永眠的传通院（位于文京区）离我家大概只有三十分钟的路程。说是祭拜，其实每次不过是到先生墓前合掌一躬而已。但每次祭拜过后，我自己的心境仿佛也会莫名变得澄澈几分。

甘心做一名"黑子[1]"

如今的编辑们往往出身精英阶层，心高气傲，面对作者有时有过于强势之嫌。每当看到这样的编辑，我总不由生出一种悲哀之感。那些至今仍让我感念的编辑们，无一例外都是谦虚善良之人，总是不遗余力地去呵护、去帮助一文不名的年轻人成长。最近我收到一名年轻编辑的来信，里面写道"希望同您协力工作"云云。我一个行将就木的老人，和一个精力充沛、头脑活跃的年轻编辑一起工作，恐怕什么都干不成。

我自己创办杂志时，曾立志一生甘居幕后，以出现自己的姓名为耻，每下结论必出于公道；希望冲破那些莫名其妙的俗世陈

[1] 歌舞伎表演中身着黑衣的舞台助手，被默认为舞台上不存在的人。

规，追求自由。有一次，福原先生在背后称赞我"保
持着'universal fairness'"，我从他人口中得知这件
事时，大有一种"吾事竟已，庶几无憾"的成就感，
一种居于幕后的喜悦。

歌舞伎中有一种角色叫作"黑子"，他们很少出
现在舞台上，不得不上台时也是一身黑衣，且以黑
巾覆面。他们不是演员，没有哪个"黑子"会和歌
舞伎演员说"我们一起来演戏吧"这样的话，所以
那位新新人类的编辑才会让我感到无比困惑。

编辑的
——— │ 乐趣

我上大学时，每个科系都会有一份
研究纪要，将本系所有教授、副教
授以及助教的论文结集出版，每年发行一次。实际
上这不过是一堆百无一用的废纸而已，白白浪费预
算。大概只有作者本人和印厂校对人员才会读它们。
倒是有一个编辑委员会，但是他们估计也不愿费
神去读上面的论文。那些论文大抵是作者胡乱拼凑
出来的，在编委会成员的眼里难免显得既怪异又无
聊，但他们又不能提醒作者改稿，抑或直接弃之不

用，因为那无异于自找麻烦——学术自由和研究自由岂容侵犯？于是他们只好放任自流，无论内容有多么空洞无聊，也无人敢发一言。

我也曾被赶鸭子上架当过多年纪要委员，也曾考虑过纪要这种文集的理想之貌是什么样的。我渐渐开始觉得，纪要之所以无聊，之所以无趣，关键在于编辑工作在其中没有发挥应有的作用。虽然设立了编委会，但正如前文所述，其作用几乎可以忽略不计，至多不过是负责向印厂转交一下稿件，仅此而已。如果委员会中的编辑能像真正的编辑那样去工作，就能大大减少那些实在不像话的垃圾文章的数量，不合逻辑之处能够得以纠正，没有发表价值的文章也能被坚决退回。我们的纪要只有经历这样的编辑和淬炼，才能真正贡献于学术，造福于社会。我听说美国的高级学府出版的学术杂志，一直遵循着严格的编辑标准。

在编辑沦为摆设的情况下生产出来的无聊印刷品绝非只有大学里的纪要，文学青年们自发兴办的同人杂志[1]大抵也属此类。编辑很少对文章进行真正的编辑，往往将原稿集

一 指有相同兴趣的人共同编写的非商业性杂志。

齐之后便直接下厂印刷了，反正人家出了钱，给人家出书是天经地义。这种事情一点都不好笑，所谓"三期倒闭"一点儿也不假，此类杂志中能坚持发行三期还不倒闭的可谓凤毛麟角。

但其中最过分的，当属选举时期的候选人政见公告，里面令人发笑或不忍直视的错误比比皆是。候任官老爷们写下的字句自然是不容编辑改动的，所以最后印刷出来的东西才会是那副模样。

我对编辑的作用如此重视，大概也是因为我发自内心地喜欢编辑这份工作吧。

编辑生活

有时我会觉得，我们的生活不就是一本无形的杂志吗？我们浑浑噩噩地度过的每一天，与一本未经编辑的同人杂志有什么区别呢？这样的生活于己无趣，于世无益。我们应该编辑自己的生活，至少我坚信如此。

我们的日常生活并不像书本或者杂志里的内容那样井然有序，而是间杂着很多无用之物，如果放任不管，任其乱成一团，最后难免沦为与同人杂志一样的废物。我们应该以责任编辑的觉悟，为自己的生活编订时间表。事先定好一早起来要干什么，然后作好准备。稍事休息，接下来是查资料、写报告，然后是会见客人……像这样把事情安排得井井有条，就是在编辑自己一天的生活。即便不能完全完成计划，也能做完相当一部分工作。当然，如果只是从早到晚伏在书桌前学习的话，那生活就如同一本专著，几乎没有编辑的必要，但这样的情况毕竟少之又少，我们大部分人的生活往往还是杂乱无章的，一如未经编辑的同人杂志。如果能成为自己生活的编辑，对其加以整理，我们的人生会变得充实许多。这就是所谓的编辑生活。

这样坚持下来，所得虽然微不足道，但至少也与成功做出一本杂志的成就相仿。我们不能只满足于单纯地复制每一天，而应该追求将生活办成不断积累的周刊、月刊，甚至年刊，最后使之变成我们的人生专刊。

我是在结束了二十五年的编辑生涯，并且远离编辑工作很久之后，才产生了这样的念头，可能为时已晚，但我仍然行动起来，着手编辑我自己的人生杂志。虽然开始得晚了些，但从那之后，我每一天的生活都充满乐趣。

多问为什么

知识即
—— | 模仿

神奈川县的相模原市有一只家养鹦
鹉飞出了家门，去向不明。几天后，
它飞到了附近的一家酒店，被酒店的人搭救暂养，
并且由于能够清楚地说出自家地址而得以成功回到
主人身边。（2012 年 5 月新闻）

这条颇有意思的新闻见报之后，人们对这只聪
明的鹦鹉赞叹不已。人类的小孩走丢时，能清楚地
说出自家地址的亦属罕见。因身患老年痴呆症而回
不了自己家、只能在外流浪的老人却是屡见不鲜。

由于他们说不清自己家在何处，警察遇到这种情况往往大费周章，但这些事情却没有变成抓人眼球的新闻。家养鸟类飞走可能已经是件稀罕事，能说出自家地址并成功回家则更是不可多得的新闻素材。

新闻中并没有说明鹦鹉主人是不是为了防止鹦鹉走丢而教会它说自家地址了，不过可以想见，这种事情只教上一两遍是没有效果的——训练也是要花费时间和精力的。

人类小孩的学习过程也和鹦鹉或八哥的训练过程类似。许多事情他们未必能理解其中原理，但如果大人反复灌输，小孩就会渐渐当成知识记住。

所以说，知识是模仿的结果。认为只有人类才能掌握知识的看法是错误的。比如就人类的语言来说，鹦鹉虽然并不能完全学会它，却能在跟人对话的时候说上几句。人类对语言的记忆，其实与鹦鹉记忆人类的语言大有相似之处。语言能力低下的人说不定反而不及鹦鹉，这并非难以想象的事情。

我们学习外语的过程与鹦鹉学舌更加相似——并不知其原理，只是单纯地模仿练习。我们可以重复说出一模一样的词句，却无法用其表达自己的思考。这与鹦鹉学舌并无二致，同样是可以模仿却不会运用。我们在学习外语时常常会忽略运用，这也解释了为什么我们学外语如此辛苦，回报却少得可怜。

有许多聪明人在长年与外语打交道之后，却渐渐变得不那么聪明了，原因便在于一味地模仿，却没有意识到在这个过程中创造力的缺失。

"鹦鹉学舌"
——— ┃ 令人烦恼　　　　像鹦鹉那样对语言的运用，在语言学上叫作"psittacism"。

语言学词典中对"psittacism"一词的解释为："像鹦鹉那样机械式地复述语言。"

日本人在学习外语的时候，对"说"并不像对"读"那般重视，结果往往就像鹦鹉学舌一般，只会"复述"而不知如何"表述"。

通过读书记住知识点或许可以被视作另一层面上的鹦鹉学舌，但出于对知识的盲目尊重，人们往往倾向于将博闻强识视作学识过人的标志，对其作出过高的评价。

　　就算没有这般夸张，人们至少也是倾向于将掌握知识的知识分子视作宝贵人才，年轻人也将其作为努力的目标。高等教育，尤其是文科专业的高等教育之前也以培养"百事通"式的人才为目标，而从不反思这样是否合理。

　　通过模仿获得的知识不过是毫无能动性的"死知识"，不具备孕育新知识的能力。反思后得出的这种结论自然令人不快，于是人们转而将那些除了装点门面之外百无一用的知识称作教养，强行赋予其价值，误以为这种教养是比实用价值更加高级的东西——这样的错觉不断固化，最终便形成了"鹦鹉学舌主义"。

　　所谓学习各种各样的学问也是如此，完全可以被视作与鹦鹉学舌同一类型的行为。从来不去思考所学知识是否有用，只是盲目地将它们蓄积起来，还以为这样具有文化意义——这便是学问堕落的开端。人文学者们大都掉入了"鹦鹉学舌主义"的陷阱而无力自拔，而且在运用这些通过模仿得来的知识时，鲜有自己的独到之处，不过是摆出一副无所不知的架势，实际上只是穿着借来的衣服耀武扬威罢了。

到了以追赶先进文化为最高目标的近现代，反省"鹦鹉学舌主义"几乎更是冒天下之大不韪。鹦鹉学舌式的文化、知识甚至被视作人类最高的智慧。快速追赶先进文化的路途自然不容驻足反省。在这种模仿一切以增长新知的风潮中，人们毫无余暇去反省"鹦鹉学舌主义"。

只有在《有学术基础的傻瓜更悲惨》和内田百闲[1]的《无所不知的傻瓜》中，我才能寻得一些批评之辞。知识多多益善这种传统之见，或许会让日本人失去知性生活的活力。

为知识量的增长而沾沾自喜是一种幼稚的想法。不带任何目标地去学习知识，并认为学得越多越好，是知识分子的偏见。某些知识对于创造新的文化来说未必有益。对于那些有碍创造性思维的知识，我们应有意识地加以摒弃。在那些天马行空的创想面前，"鹦鹉学舌主义"实在是令人烦恼。

"鹦鹉学舌主义"不仅欠缺创造力，同时还有轻率之嫌，容易使人误将破坏

一 内田百闲（1889—1971）日本小说家、随笔家，代表作有《冥途》《百鬼园随笔》等。

当作创造，很难孕育出新的东西。一味信仰知识没有任何用处。明治以来的知识分子们大多沦为"高等游民"，其原因可能就在于他们缺乏足够的想象力，无法识破这种虚构出来的知识界限吧。

用"为什么"诘问自己

要想学到真正的知识，我们必须首先将自己从"鹦鹉学舌主义"中解放出来。"知"固然重要，但最为关键的还是要养成主动思考的好习惯。

不过，在当今社会中，我们看不到这样的教育。我们的学校基本都是立足于"鹦鹉学舌主义"，"对思考本身的思考"对它们来说无异于天方夜谭。不可否认的是，在学校接受教育的时间越长，学生的思考能力反而越有弱化、退化之嫌。

那些吹嘘自己掌握了知识并且为此沾沾自喜的人，毫无疑问也属于不会思考的"鹦鹉一族"。其实他们才是缺乏知识的那群人。那些能够通过自省意识到自己的知识过于陈旧的人，相比于那些"鹦鹉学舌主义"培养出来的精英，反而更有机会成为能够真正思考的人。那些胸无点墨的大老粗，反而更能意识到思考的重要性，更容易产生新的想法。而且这些没文化的粗人在面对有"教养"的知识分子时容易产生自卑感，所以才更加谦虚，也更注重反省自我。那些自认无所不知的知识分子，往往自以为是、不求甚解，容易轻视独立思考的重要性。

结果，反而是普通人更容易养成思考的好习惯。

思考也有很多种方式，将思考作为一种生活习惯，并不像想象中的那样难。

遇到不明所以、不可思议的事情时，要多用"为什么"来诘问自己。立刻去翻书寻找答案并非明智之举。将疑问保留在脑中，人自然而然就会产生自己的思考。

当你能够用自己的头脑去思考问题的时候，那种洋洋自得地炫耀借来的知识的行为有多么愚蠢，你就一目了然了。

机械地学习知识，然后机械地加以运用，同样也不过是"鹦鹉学舌主义"。如今，世界上像日本这样浑然不知反省的国家，恐怕已经不多了吧。

无知、未学之人反而更会思考，这绝非说笑之言。

结交伙伴

从学校毕业、参加工作之后，我 学习会 ｜ ————
却出乎意料地深感无聊，而且整日忙
于工作，难有空闲，想继续自学些什么也是力不从心。

在我学生时代，福原麟太郎先生曾告诫我，即
使参加了工作，也要"每天留出两个小时继续学习"。
我那时还是一个对成年生活一无所知的愣头青，心
想，一天两个小时能学到什么，至少也要四个小时
嘛。如今回想起这段往事，我更觉这样下去恐非长
久之计，心中焦虑不已。

那段日子，我每天萎靡不振，常常看着天空发呆。可能我的样子引起了别人的注意，与我同期毕业、同年参加工作的日本文学系的铃木一雄找到我，说："其实我也在为没办法学习而着急。"就这样，我在这里也交到了朋友。

我们一拍即合，决定组织一个学习会。但两个人的力量实在太过单薄，我们便又拉来了铃木修次，决定定期交流学习心得。修次君也和我们同期毕业、同年工作，不过专业不同。日本文学系的铃木一雄、中国汉语文学系的铃木修次，还有英文系的外山滋比古，我们三人戏称是和汉洋三雄聚首，就这样创立了自己的杂学会。后来不知不觉中我们开始将其叫作"三人会"，每次聚会之后，都翘首企盼着下一次聚会。

聚会的日子一般选在周日，上午十点准时在某个成员家里集合。我们心知，如果将自家当成会场，又因吃饭等琐事劳烦家人的话，聚会可能无法长久举办下去，所以每次都提前叫好寿司外卖。刚开始那段时间，我们总是吃价格不到百元的握寿司。

聚会时一般由某个人起头，作一个小报告，提供一个可供研究的话题。然后大家就会围绕这个话题各抒己见。话题引出话题，渐渐地，探讨的方向可能会超出预想的范围，最后大家反应过来时，都十分惊讶。不过在这样的探讨中，我们有时也会不知不觉找到自己研究的新方向。那时我真心感觉自己还从未参加过这样有趣的聚会。

战争时期，我所在的乡下小镇经常会组织"常会"。在"常会"当日，每家都拿出米来，用大锅煮成米饭，再配上用自家味增做成的味增汁，浇在豆腐上，大家一起吃饭。有人会在"常会"时传达政府的通知，但几乎没有人当回事。大家都只顾着贪婪地把饭扒进嘴里。旁边一位老爷子跟我说："你怎么不吃？你这个年纪不吃个六七碗可不行哟……"慢慢地大家便天南海北地聊起天来，连平时沉默寡言的人，在填饱肚子之后都会变得健谈起来，每个人仿佛都变成了彬彬君子，这种感觉实在有趣。后来我总是积极参加这种"常会"。大体说来，乡下的生活总是单调无聊的，但"常会"是其中为数不多的例外。

我们三个人聚会时，我也常常回想起"常会"的往事来，但两者的有趣程度完全不可相提并论。"常会"往往以吃为主，聊天不过是附带活动。而我们三个人则是以知识对谈为主，对吃什么却并不在意。

一开始我们规定，聚会到日落即告结束，但渐渐地大家都想延长一些，于是到了傍晚便做一些家常菜，继续聊到晚上九点甚至十点。我们每次聚会一聊就是十多个小时，却不可思议地不觉疲累，总是干劲满满、斗志昂扬，疲劳似乎都被抛到了九霄云外。我们三个人也各自找到了研究方向。我能够隐隐地感觉到，大家虽羞于说出口，但都暗自以确立自己的文学研究方向为聊天目标。

"三句不离本行"

昭和四十四至四十五年（1969—1970 年）那段时间，因为大学纷争[1]风起云涌，我的课业也无奈停摆了。而且祸不单行，我还被选为学生监督员——学校命令学生监督员们必须日复一日全天待命，以防学生中突然出现骚动——真是苦不堪言。一群专业各不相同的老师聚在一个大办公室

1 二十世纪六十年代末期，日本大学生围绕大学的管理运营、大学自治乃至国家制度等议题展开各种运动，直到二十世纪七十年代后期才彻底平息。

里干等着，相互间也找不到共同话题，只能一杯又一杯地喝着早已泡得没有滋味的茶，神情木然地各自发呆，没有一个人看书。

忘了是在第几天了，有个中国汉语文学系的老师偶然提起："中国古代的宫廷会在早上商议政事，所以又叫'朝廷'。"这一新奇的典故让人既感意外，又觉得有趣——此前我甚至从来没想过这个词是怎么来的。那位老师还告诉我们："'料理'这个词原本是'料想其理'的意思。"原来是需要动脑子的"料理"，有趣有趣。

其他老师受此影响，顿时也打开了话匣子，纷纷"三句不离本行"，说起了自己专业的趣事典故。"三句不离本行"就是英语里的"self talk"。在社交场合，只顾滔滔不绝地谈论自己工作或者专业领域的事情，往往令人厌烦。这些内容与日常生活毫不相干，自然也无趣味可言。而且"三句不离本行"常常有些自吹自擂的意味，其无聊程度可想而知。不过这些学生监督员的"三句不离本行"却出乎意料地有趣，既带来了全新的知识，又能帮助大家结交新的朋友——之前连招呼都没打过的同事，竟也给人感觉亲近了不少。

后来，大学纷争的风潮逐渐过去，我的工作生活重回正轨，但我却总感觉有些怅然若失。有次我偶然遇到一位一起做过学生监督员的老师，他居然跟我说："虽然不能公开地到处嚷嚷，但是我很想说，值班那段时间真是愉快得很呢。"

好事者如我，听到这种话，自然立时便生出了组织一个杂学俱乐部的想法。哲学、心理学、教育学、农业化学、外国文学等等，来自不同专业背景的成员被我组织起来，每个月聚会一次。聊天自然可以随自己兴趣，但像当学生监督员值班时那样聊一些无足轻重的闲事可不行。这个俱乐部一直坚持了两年，后来逐渐名存实亡，最终自然停办了。可能是因为大家上完课都太过疲惫，没有体力再聊天了。果然不吃点什么，就勾不起谈兴呢——我甚至想过可能是这个原因。

那段时间，可能是受到英国月光社（Luna Society）的启发，我们的"三人会"决定聚会时中午和晚上两餐都在一起吃。

效仿外国的
杂学俱乐部 ｜————

在诸多杂学俱乐部中，月光社无疑是光芒最为耀眼的那一个。以查尔斯·达尔文的祖父伊拉斯谟·达尔文为首的数十名成员，在每个月的月圆之夜定期聚会，因而该俱乐部得名月光社。月光社吸收成员时非常注重成员的专业背景和工作——不能有相同专业背景或从事相同工作的成员。因为如果大家来自相同领域，那所谈的内容往往会过于琐细，说话时难免也会有所顾忌，无法畅所欲言，于聚会的氛围极为不利。

月光社孕育出了十分丰硕的成果——约瑟夫·普里斯特利发现了氧气，詹姆斯·瓦特成功改良了蒸汽机，威廉·默多克发明了煤气灯，其他成员也都取得了令人瞩目的成就。究其原因，月光社的功劳不容忽视。众所周知，英国引领了第一次工业革命，而促成这一次工业革命的许多科学发现、发明，乃至技术都要归功于月光社的成员们。回顾这一时期的科学史，这一点尤其引人注目。

进入二十世纪后，最为成功的杂学俱乐部诞生在美国的哈佛大学。哈佛大学在二十世纪初时还籍籍无名，洛威尔[1]就任校长后，对此颇为遗憾。他希望能够不断培养出诺奖级别的学者，遂组织起了日后被称作"哈佛研究员协会"的研讨会。

他从各系挑选研究生以上资历的研究人员，每周组织一次午餐会，每次由一名成员就自己研究的领域作报告，然后其他专业的人向其自由提问。之后从这一协会中诞生了多位诺奖级别的学者，哈佛大学的声望也随之高涨起来。

扶轮社[2]也是成立于二十世纪初期。作为一个由企业家组成的国际俱乐部，扶轮社为社会作出了诸多贡献，其成员必须来自不同领域这一点规定非常引人瞩目。同一个扶轮社里，不能有来自相同背景的人士，这一点已经成为惯例，也极大增强了组织的凝聚力。如果有其他来自相同领域的成员在场，俱乐部的内部氛围也会变得凝重起来，没有了那种"山中无老虎"的轻松感。所谓的"物以类聚"，并不一定

1 阿博特·劳伦斯·洛威尔（Abbott Lawrence Lowell，1856—1943）美国教育家、法学学者，1909到1933年间担任哈佛大学校长，期间推行了多项改革。

2 扶轮社最早成立于美国，最初是以扩展成员人脉、促进行业交流为目的的商业联谊组织，后逐渐扩展至全球，并开始更多地参与公共服务工作。

就是件好事。

考虑到这一点，反观日本的大学，多是仅仅纠集一帮同一专业的人士来参加学科会议，可以说是弊病良多。虽说大学不以社交为重，组织同一专业或者相近专业的学者参加学科会议即便过于死板，也算顺应现实之举，但整个团体因此失去的东西也是不容忽视的。成员不能自由地交换意见，自然也难以擦出灵感的火花。

不过，在"Logergist"[1]这一由物理学者组成的团体身上，情况却并非如此。数十年来，这些物理专业的学者坚持将随笔文章定期结集成《漫步物理学小径》出版，可以说我国知识界最聪明的头脑均汇集于此。同时它也证明了来自同一专业的人士，依然可以经由探讨产生创造性的想法，可谓是学会俱乐部中一抹别样的烟火。

[1] 创立于二十世纪五十年代的物理学学者团体，每月定期聚会探讨特定科学话题，由各成员轮流记录总结，投稿发表，并定期将这些随笔结集出版，命名为《漫步物理学小径》。

乡下苦学不
—— | 如京都懒觉

曾经有一些学者组成了一个引人注目的文人集团，被称作京都学派。这一学派在学界曾极为活跃，以至于出版社对他们趋之若鹜，引来不少嘲讽之声。京都学派的动力之源并非大学的研究室或者学者的书房，而是居酒屋里的高谈阔论——这一推断即使不全对，也与事实相差不远。京都的城区面积比东京的要小得多，并且这个城市也有尊敬学者文人的传统。学者们往往自发地在固定的几个地点聚会，这些来自不同专业的人聚在一起，放下了戒备，谈兴自然也就高涨起来，光这种氛围就已经是可遇而不可求的了。各个专业的学者们一旦聊起来，聚会仿佛就成了一个个小型的跨校交流论坛，这样一来，就算在小酒馆里也能迸发出各种奇思妙想，堪称一场知识的盛宴。

此后日本的诺奖获得者也逐年增多，其中有不少都来自京都大学，这一现象吸引了世人好奇的目光。人们纷纷猜测其背后有原因，最后一致将其归功于由跨专业交流的俱乐部氛围孕育出的知性之力。

如果用山来比喻，专业可谓位于接近山顶的地方——孤独耸立，与人交流几乎没有可能。但一个人若想在专业上攀往更高处，便不得不返回山脚寻求补给；眼中只有那个顶峰的话，不知不觉也就忘记了山脚下那混沌却又丰富的现实世界，继而失去攀登的气力。而居酒屋里的杂学畅言则能重新给人以动力。学者如果一味将自己封闭在象牙塔里，将酒馆畅谈当成低俗之举，则难以认清自身局限，愈发退步而毫不自知。

过去曾有谚云："与其在乡下埋头苦读书，不如在京都蒙头睡懒觉。"把自己关在乡下埋头苦学，反而不如在城里每日繁忙之余偷空学习更为有效，即使睡懒觉也毫不耽误。在如今这个时代，我们也可以将其理解为，在乡下一个人埋头苦学，反而不如在城里跟人交流学问更见成效。

据我所知，如今的年轻学者们越来越不喜欢社交了。当年我们在学会的时候，每次会议结束都会和朋友一起找地方喝喝酒、吃个饭再回去。如今则是会议一结束，大家就飞也似的各回各家。不喜欢聚会的人也越来越多。他们会不会终其一生都体验

不到谈笑风生的乐趣呢？这样的人生，实在是寂
寞呢。

"三人会"
———| 的后续发展

我们"三人会"的三个人，后
来各自的人生道路都难言平坦。
现在回想起来，三个人一起在东京教育大学文学院
做副教授的那些日子，简直是如花般美好的时光。
在东京教育大学决定搬迁至筑波一事上，我们三人
都持反对态度。性急如我，在评审会上得知学校的
搬迁决定之后，当即辞职，转而到御茶水女子大学
任教。他们两个人也反对搬迁，据说一直抗争到最
后。"三人会"虽然得以保留，但聚会变成每年寥寥
数次。一段时间之后，他们俩也终于无法在东京继
续坚持下去，一雄君去了金泽大学，修次君则转到
广岛大学任教。三人分散各地之后，对于聚会反而
更加渴望。每逢修次君来东京，我们三人都会聚集
在他常住的新谷大酒店彻夜长谈。独自一人的时候
虽忙于工作，但我心底总是期盼能够听到其他两位
伙伴的声音。

修次君忙于工作和学术，操劳过度终致抱病，却未及时就医，而是强忍病痛埋头工作，最后猝然早逝。

"三人会"少了一个人，自然再开不成了。后来有一次，一雄君寄明信片过来说："'三人会'如今虽变成"两人会"，但无奈有事请教，希望尽快会面。"

那时他正担任十文字学园女子大学的校长。在一个天寒欲雪的冬日，我在他的校长办公室里见到了他，听他简略介绍了正在研究的项目。他似乎准备将其作为学位论文，我说很有趣。"有这样一句话我就放心了。"他说，然后带我去池袋喝酒叙旧。不料三个月之后他就在校长任上去世了，最后那段时日里他想必是在幸福中度过的——我总是这样想着，聊以自慰。

"三人会"就这样走到了终点。数年之后，我又组织了一个全新的聊天会，成员不再是学术同僚，谈话内容天马行空，与现实生活无太多关联，但还是很有趣。一个不够，我就再组织一个。还不够的话，那就继续组织，到现在我已经组织了五个了。

组织和参加聚会固然繁忙，但我至今仍能头脑清楚、身体健康，我认为都应归功于这些聚会。

第二章　善待身体

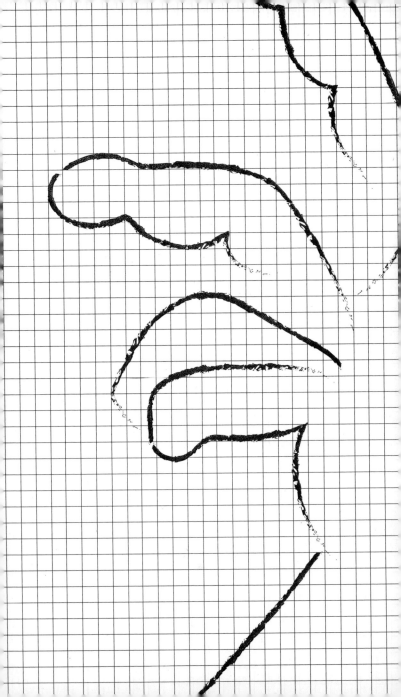

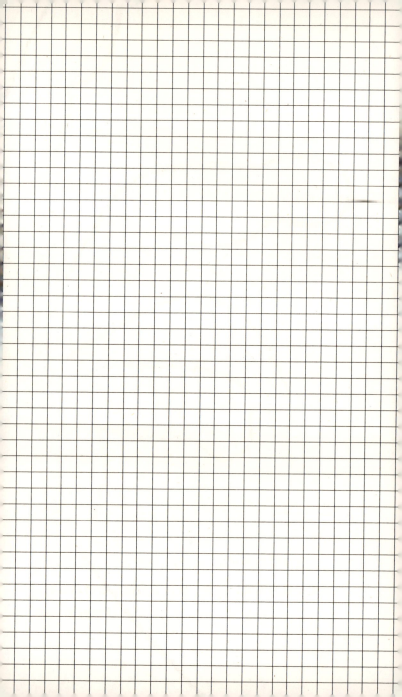

论『横』

横排文字
有害视力

昭和二十七年（1952年）时，政府发布政令和内阁通告，规定日文书写由竖排改为从左至右的横排。饱受战争摧残的普通民众可能已变得多少有些麻木了，对此居然毫无反应。这份内阁通告规定，之后的政府公文将一律改为从左至右的横排。

我当时虽然只是一名初出茅庐的英语教师，但对此却极为愤慨。这是一份何等蛮横荒谬的通告啊，自古沿袭至今的竖排传统，只凭这样轻飘飘的一纸通告就宣告终结，简直岂有此理！这已经可以被视为对文化的破坏。说起来，将竖排改为横排的理由简直不值一提。虽然政府以政务合理化的名头推进横排看似无可厚非，但实际上不过是为了适应打字机的需要而草草决定，强行推广。在那个年代，政府的公文都是使用日文专用的打字机来打印，而这种打字机不过是在欧美打字机的基础上改造而来的"变种"，所以遇到汉字时人们往往大费周章，尤其是竖排打字时更是麻烦透顶；改成横排则能够大大提升打字效率。政府就是出于这种考量才决定推广横排。当然，或许是出自美国占领军的指示也未可知，不过这样的怀疑显然是捕风捉影，美军应该不至于无聊到连这个都要干涉。

而作为日文守护者的语言学家们居然也默默接受了横排。不仅如此，有一年在 W 大学的入学考试中，连国文科目的试题都变成了横排，一时间舆论哗然，校方狼狈不已，这才在第二年的考试中重新改回了竖排。

大学尚且如此，横排的国文词典大行其道自然也就不值得惊讶了。但除了有些追求新潮或者希望彰显出自己进步姿态的年轻人会发表一些横排小说，成为一时的话题之外，横排的推广似乎也并不是那么所向披靡。

我始终坚决地反对横排文字。并且，我一直怀疑，日本人近视的比率居高不下，也是因为那些横排的小字号英和词典。始作俑者就是出版于大正末期、当时几乎人手一册的《英和小词典》。我变得近视，就是这本词典惹的祸。

我从二十几岁开始担任英美文学类月刊的编辑，在《英语青年》（如今已经买不到了）编辑部工作期间，每个月都面临着大量的校对工作。杂志采用的是横排文字，六十四页的大开本我每个月要校对两遍，根据情况需要，有时还会进行第三遍校对。那些文章密密麻麻毫无空隙，往往一段就要占满一整页，每页大约一百行至一百四十行不等，每行二十六个字，算下来每页就有两千七百个字左右，每本杂志大约十七万三千字（大概相当于四百三十页写满字的四百格稿纸）。

我本来就近视，这一时期视力更是每况愈下。这都是横排文字不适合阅读的缘故。在校对时，视线不知不觉就会偏移到下一行文字，我只好用手指按在文字下面，帮助阅读。视线不是沿直线运动，而是像用菜刀刻萝卜一样一抖一抖地移动。在《英语青年》做编辑的十二年里，我真真切切地体验到，横排的日语文字确实是于视力有害，我们在阅读横排文字时眼睛容易疲劳。

忍无可忍之下，我不止一次写文章呼吁："日文应该站着，而不应该躺着！"

所谓文字，其主轴是那些与视线移动方向垂直的笔画或者线条。比如自古以来便是竖排的汉字"一、二、三"，与一直是横排的罗马数字"Ⅰ、Ⅱ、Ⅲ"，其文字的主轴与视线的走向都呈直角相交，这样才是合乎道理的。比如汉字"鳥"如果中间少一横的话，就会变成汉字"烏"；而英文字母"n""m""i"等等，其具有区别性的线条都是竖线，自然应该横排，无论怎样的狂妄之徒，都不会尝试将它们改为竖排，因为这显然违反自然之理。按说对日文横排反对最强烈的应该是眼科医生才对，但是半个世纪过去，却并没有哪个眼科医生提及此事，可能他们都是大忙人，无暇顾及这些无聊琐事。

如今，还在坚守竖排文字阵地的，只剩下俳句和短歌、报纸和周刊了。其中报纸也在逐渐沦陷，经常插入一些横排的栏目，可能是整体改为横排的前奏或者热身运动吧。

不管怎么说，竖排也是传承了千百年的传统。我们不能看到作为汉字发源地的中国改用了横排，自己也就不假思索地跟着改变。日文杂志一定要"站着"，不能"躺下"！

直立行走
————｜有违自然

和文字正好相反，人不能总是站着，而是应该适时躺下。我是直到年老才意识到这一点的。

契机是我有次想到人类直立行走是否合理的问题。一个偶然的机会，我惊讶地了解到，对于动物来说，居然不存在窒息这一问题。人类因为有出声说话的需要，所以逐渐进化成支气管在食道下方。这样一来，人类在吞咽时讲话，食物便可能掉入支气管，导致窒息。而动物由于不用像人类说话那样持续地发声，所以支气管便无堵塞之虞。于是我便开始思考，真的只是因为这个区别吗？

　　动物进食时，身体的轴心线往往是横向的，自然不用担心被食物噎到或者被水呛到。而人类正好相反，直立行走、安坐饮食，我觉得这才是导致人类容易被噎到或呛到，继而窒息的根本原因。曾有某位作家在大吃寿司时谈笑风生，结果一不小心窒息而死。我曾经不无戏谑地想，虽然考虑到观感，人不能像犬类进食那样去吃寿司，但如果是为了避免窒息而像猫狗那样抵近盘子进食，则另当别论了。

　　人类的头部是从直立行走中获益最多的部位，在从头至脚的无数关节的帮助下，行走的冲击传递到头部时已经微乎其微，这对于保持大脑的稳定和精密至关重要。假如我们像猫狗那样四肢着地行走的话，头部则不免上下晃动，自然也就无法进化出现在这样能够思考复杂问题的精密大脑。所以人类智力的进化从直立行走中获益匪浅。这些知识在生理学上不值一哂，但对于某些无知人士来说，却是颠覆常识的新奇之见。

　　但凡事有得必有失，大脑从中获益，内脏则不免受苦。很多四足动物可以站立入睡，那是因为它们的内脏是横向排列。而直立行走的人类，内脏则免不了上下叠压。尤其是胃，它在装满食物时体积膨胀、重量增加，其他器官难免遭受挤压，长此以往，人体自然会故障频发，运转不畅。

所以从内脏健康的角度来看，人类合乎自然的状态不是站立行走，而是躺倒，所以我们每天或多或少都会有躺着的时候，夜间睡眠对于人类来说不可或缺，每个人在晚上都要躺下就寝。有些不知轻重的孩子或者年轻人往往喜欢通宵学习，简直是瞎胡闹。

睡眠好
—— | 精力足

牛和马都可以站着睡觉，而人要睡觉却只能躺着。当然，梦游症患者可以边走边睡，但这不是一种正常状态，没有可比性。

夜深人静之时，睡眠为先，其他杂事姑且先放一边。现代人往往强调夜生活，可惜很少有人意识到这是违背自然道理的，而且连很多知识分子都不以为然。其实在我看来，他们并非不知，而是羞于启齿。在没有电灯的年代，彻夜读书往往是值得大书特书的难得之举，比如从囊萤映雪之类的典故中，可以窥见古人对此举的赞许。但在伸手不见五指的夜晚，还是应当老老实实上床睡觉。英国诗人威廉·布莱克有云："早上思考，午间行动，傍晚进食，夜间睡觉。"庸庸碌碌的现代人对这种朴素的生活观念嗤之以鼻，实在是浅薄之极。

有些人会夜里早早上床却怎么也无法入睡，其中以老年人居多。患有失眠症的人往往从年轻时便不易睡着。不过，即便睡不着也不必忧心忡忡。很多人"失眠"其实是被这个词汇本身给禁锢住了，继而焦急自责，深受其扰。

睡眠不是我们躺下的唯一目的。站立时，我们的四肢和躯干承受着不自然的力，因此躺下还有极为重要的放松作用。即使睡不着也要躺着，让身体得以休息，这对健康极为有益。建立这样的观念也能让人更轻松地入眠，一味着急入睡反而可能适得其反。

还有，我们在生病时，与其盲目用药，倒不如安静地在温暖的床上卧床休息，这样反而更有利于恢复，此类案例并不少见。身体感觉不适时，应该立刻躺下休息。感冒时吃药并不一定见效，实际上，泡个热水澡，然后趁着身体热气未散上床躺下休息（最好是沉沉地睡上一觉），往往更能祛风除寒。躺倒之益处，一至于斯！

人们往往觉得坐着同样是一种休息，实际上则不然，"坐"并非如"躺"一样于身体有益，反而可能有害。长途航班的经济舱空间狭窄，乘客往往长时间坐在椅子上，无法起身活动，以致经济舱症候群病例层出不穷，令世人震惊。如果乘客能够躺卧的话，自然也就不会有这样的麻烦。其实航空公司真的可以考虑将座位改为床位。

高龄老人一天里大部分时间都是在睡眠中度过的，虽然有时会就此长眠不醒，但睡眠对于减轻机体负担、恢复生命活力依然是大有裨益的。我们必须更加重视躺下的作用。我曾经这样总结："睡眠是良药。"但就我的亲身体验来看，其实与良药相比，睡眠远胜矣！我真心认为，只要有机会，我们就应尽量躺下休息。

躺下

思考

我年轻时曾体弱多病，深受哮喘困扰，经常不得不歇班休养。养病自然是无聊的，因此很多平时根本不屑一顾的书，在这时候看，也觉得趣味无穷，从此我发现了阅读专业之外的书籍的乐趣。那时我一旦患病往往连续一周卧床不起，借此机会便阅读了大量的书籍。之前在肺结核疗养院期间，我还通过读书结识了不少博闻强识的朋友，也算是因祸得福。

在四十岁之前，我一直觉得只要有书可读就别无他求，知识无所不能，不读书便无以增长知识。正是由于这样的观念，我才一直透支着自己早已不堪重负的视力，连躺着都在看书，视力每况愈下，而且我明知其害，却还是照看不误。

后来我意识到，知识是对人类经验的总结，对知识的运用恰如从他人那里借钱买东西。意识到这一点之后，我开始培养散步的习惯。人在行走时自然是无法看书的，但想象力却不受束缚，无论是走是停，你都可以在大脑里天马行空地构思。古希腊有一个叫"逍遥学派"的哲学流派，我效仿此派哲学家，开始在散步中思考问题。行走时脑海中往往会浮现有趣的想法，这时我便停下来，将其记录在纸上。后来我将像这样不断积累下来的笔记装订成册，一年下来竟有十册，甚至十二册之多。我曾一脸得意地四处向友人炫耀，真是幼稚到极点，日后每每想起来，我都会脸红不已。

有些问题我在伏案时毫无头绪，但去附近散步一两圈之后，往往就发现它们已经迎刃而解了，我自此成了散步的信徒，也养成了将散步过程中思考的问题记录下来的习惯。后来我还发现，早上醒来先不急着起床，继续躺在床上望着天花板，用三十分钟或一个小时的时间来思考，反而比散步时思考更有效率，于是我便时常在枕边备上纸笔，享受晨醒后自由思考的乐趣。此时得来的想法和散步时思考的结果完全不同，枕上思考时，灵感更容易泉涌而至。

我不知道是何种原因导致了这种不同，因此更觉有趣，忍不住时时思考这个问题，最后想出了一个可能的缘由——是不是因为与行走时思考相比，躺着思考更加合理呢？散步时人自然是站立着的，而睡觉时则是躺着的。牛或者马无法躺倒，但人类可以。人如果躺下的话，大脑反而愈发活跃，一个更加活跃的大脑自然更富灵感。

　　早上我们醒来时会觉得头脑清醒，这其实也与躺倒有关。而在此前很长一段时间里，我却只想到了一个原因：经过数小时的睡眠，我们的大脑经历了一场大扫除，重新变得干净整洁，所以此时正是写入新内容的大好时机。后来有一天，我意识到，早上起来感觉头脑清爽，除了经过遗忘整理这一原因之外，是不是还跟躺下有关呢？一定是的。我们在躺着的时候，头部和心脏的高度几乎相同，心脏可以轻松地将血液送往大脑，想必大脑的血液循环比我们站立和行走时更加顺畅。回想起来，我当年喜欢窝在床上看书，并且屡教不改，似乎也有了一个让人长松一口气的解释——想必也是因为躺着看书效率更高吧。之后，我不仅注重散步时思考，对于枕上思考也同样重视了起来。一日之计在于晨，果然所言不虚。

　　早上睡眼蒙眬、将醒未醒的时候，人的大脑中往往会浮现出一些不知从何而来的细碎灵感。当这些若隐若现的念头在脑海中一闪而过时，起初我只是将其当作之前令我兴味盎然的某些想法的片段，可正当我奇怪自己为什么又想起它们时，却忽然意识到，这些竟然是全新的灵感！在那一瞬间，这些灵感仿佛开枝散叶般在大脑中扩展开来。正如莎士比亚所言："迅疾如闪念。"脑海中两三分钟里流转的念头，便足以写满十张稿纸；而且稍有不慎，这些灵感就会转瞬即逝，消失得无影无踪，再也找不回来。

我备在枕边的纸笔，只是用来记录关键词。在半睡半醒的时候，就算我勉强都记录下来了，事后看时，字迹可能也如鬼画符一般，让人一头雾水——倒不如顺其自然，没记住也不必觉得失望。

锻炼脚力

田径
运动 |————

我上小学六年级时，学校附近有一座小山，那里曾是我模仿"人猿泰山"的乐园。山上长着一种不知名的树木，有长长的藤条从山崖上垂下来。我时常抓着藤条，一跃荡过数米高的山崖，稳稳地落在地面上。我乐此不疲，玩起来时常忘了时间。事后想想，对于一个六年级的小学生来说，这游戏还是过于危险了。

果不其然，有一天我像往常一样抓着藤条玩"泰山游戏"的时候，藤条突然断了，我摔在地上，受了伤。当时伤得并不算重，可我却偏偏在伤口快好的时候迫不及待地泡了一个热水澡，这下可糟糕了：第二天醒来，我发现自己的手腕肿得仿佛一段粗原木，并且发起了高烧。被紧急送到医院检查时，我已意识模糊，只隐约听到医生说是丹毒[1]，其他便什么都记不起来了。我昏迷了整整两天，父亲后来说，当时他们一度认为我可能捱不过去了。

经过一个多月的住院治疗，我终于得以返回学校，不过到校后却大吃一惊——我原本只是普通身材，一个月没来，竟要排到教室的倒数第二排了！（座次是根据身高排列的，个子最高的坐在最后。）住院期间，我的身高增长居然如此惊人。可能也正如我前文所说的那样，躺着确实益处多多。

之后不久就是我进入中学后的第一次运动会，结果相当出乎意料：在以跑和跳为主的田径项目上，我居然拿到了好几个第一名。我自此开始觉得田径运动如此趣味无穷，一有时间就跑到操场上训练——没有人指导，全凭自己摸索着练习。我中学上的是寄宿制学校，每天下午放学后到晚饭这段时间，全

[1] 病名，由溶血性链球菌侵入皮肤的小淋巴管引起。

被我花在了操场上。

一百米、二百米、四百米、八百米、一千五百米、跳远、跳高、三级跳、标枪、铅球、铁饼，这些项目我一个不落，都会练习。除了撑竿跳——有次在练习时，竹子做的撑竿断了，从那之后我便一直心有余悸——十余个田径项目中有一多半都是我的拿手项。

猛然醒悟，刻苦攻读

中学三年级时，我有次偶然经过教师的办公室，恰巧听到教英语的 K 老师言谈中提到了我的名字，惊讶之余我不由停下脚步，侧耳聆听。时值入夏，办公室的窗户都大开着，声音清清楚楚地传了出来。

"外山同学是因为喜欢田径运动，才专门考到咱们学校的……"

我这才明白，原来自己小学毕业后没有选择升入本地的中学，而是来了这所寄宿学校，不单这位 K 老师觉得奇怪，其他很多老师也都大感意外。

得知原来别人对自己是这样的看法，多少还是有些让人失落的。从那天起，我决定发奋学习，所有田径练习一律取消。那时我的想法十分简单：先努力把英语成绩搞上去，给那位英语老师一点儿"颜色"看看！

学习和运动不同，不像运动那样能让人在过程中真切感受到突破困难和挑战极限的热情，甚至时不时还会令人觉得异常枯燥，但凭着那股负气的劲头，我还是逞强坚持了下来。到四年级的时候，可能用功学习终于收到成效，我在四、五年级的统一测试中，力压五年级的学生，取得了英语科目的最高分。那位 K 姓的英语老师在教室中宣读成绩的情景，是我一生中最为愉快的记忆之一。

这样的感觉自然很好，不过突然停止锻炼似乎害处多多，不知不觉中为我之后的健康埋下了许多隐患。后来我那些久治不愈的老毛病都与那段日子脱不开干系。

这所学校也颇为与众不同，地处当时棒球成绩一枝独秀的县，却明令禁止学生玩棒球，反而对当时还无人问津的足球青睐有加，引以为本校的代表性运动。另外一点奇怪之处就是全体师生都要参加长跑活动。我记得好像是从每年的 5 月开始，每节课的上课时间统一缩短五分钟用于长跑。学校对每个年级要求的长跑距离各不相同，一年级为五千米，二、三年级是七千米，四、五年级则长达十千米。每当长跑时，全体师生会在操场集合，然后依次出发，不仅老师要全程参加，连年过五十的校长也要以身作则。乡间小路上、两旁农田里劳作的农民会放下手中的农活，目送我们跑过，回想起来真是令人愉快的时光啊。不过最后一千米往往很难熬，尤其是学校的校舍已然遥遥在望的时候。年轻老师们也是苦不堪言，一个个学生超过他们，还昂着头带着些许炫耀，我每每会感怀那活力四射的青春时光。

这样的长跑在每年的春季和秋季会各持续两个月，参与其中的学生们往往老大不乐意，纷纷抱怨活动无聊，但走向社会的前辈们却都说自己多年之后才体会到这项活动的妙处。事实也的确如此。后来我当兵的时候，刚一到部队就遇到了长跑训练，一般人背着沉重的步枪和行李跑不了一千米便已气喘吁吁、动弹不得，我这个"文弱书生"却能优哉游哉地跑完全程，瞬间让所有人都刮目相看。

中学毕业后的十五年，我几乎都是在读书中度过的。学习一旦找到感觉，我就会愈发觉得趣味无穷。健康状况自然是难说有多好，但我那时候从未在意过，甚至觉得身体的运动反而会给大脑活动造成阻碍。

脚力催 生智慧

虽然我经过努力总算成了一名教师，但面对工作中的困难，心里依然是惶恐不安的。偶尔遇到需要动笔的工作，我总是免不了大伤脑筋。这时离开书桌，来到户外，沿着某条幽暗的小路走上二三十分钟，再回来时就会感觉大脑似乎跟之前有些许不同了，之前无从下手的地方，现在居然毫无阻碍地便能轻松越过。尝到甜头之后，我渐渐养成了散步的习惯。

每晚九点之后走出家门，向左走还是向右走全凭当日的心情而定，我喜欢信步而行。每有所得我就在路灯处停下，借着路灯的灯光记录下来。有时连我自己都觉得，这副举止像极了正提前踩点、谋划作案的小偷。而某天夜里，我还真遇到警车径直冲我驶来。我不愿平白招惹麻烦，便转入一条机动车无法驶入的小巷；等到我估计警察已经离开了，走出小巷回到马路上时，才发现警车居然关了车灯，一直在等着我。夜间散步果然不是一件那么合乎公序良俗的事啊。

既然晚上不行，那就改成早上吧！

我决定每天一早到空气新鲜的地方散步。多方尝试之后，我发现皇居周围的环路可谓是散步者的不二之选，便买了地铁的半年票，每天乘坐从大手町开往九段下的地铁，到皇居周围散步。那条散步路线实在是无与伦比！穿过半藏门，可以欣赏到左边护城河的景色，走下缓坡，右边马路对面就是国立剧场和最高法院。太阳从皇居茂密的森林上探出头来，霞光万丈，一派庄严气象。不知不觉我自己身体中也充盈着浩然之气，连脚步也轻快起来。

我每天都会沿着这条路线散步，寒暑不辍。

滴水成冰的冬日里，每天早早起床前往地铁站乘坐五点四十七分的地铁，还是需要相当大的决心和毅力的。不过习惯之后也就不以为苦了。曾有位编辑称赞我买地铁半年票用于散步的做法乃明智之举。在我自己看来，我这么做归根结底还是出于吝嗇——既然连那么贵的半年票都买了,不去散步实在是太浪费了。这种小气的想法促使我不断强迫自己坚持下来。这可以说是一种利用自己劣根性的办法,只要不是刮风下雨的坏天气,我的半年票从来不会浪费。

望着开阔的风景,迎着清爽的晨风,行走中我不知不觉会哼起儿时的歌谣来;遇到仅有过一面之缘的外国人,也会自然而然地点头招呼,道声"早安"。

有一回我出席某个演讲会时,主办方的工作人员看我年老,对我照顾十分周到:"为您准备了椅子,您可以坐着演讲……"他们似乎觉得对我这种年纪的人来说,站着演讲太过勉强了些。对此我并不是特别领情,因为一个小时或者一个半小时的站立演讲,我完全可以轻松应付。

"看您刚才走路的样子,一点都不像上年纪的人呢!"

年老之后,虽然我对自己的头脑不再自信,但若论腿脚,依然结实灵便如初,这都是数十年来坚持锻炼的结果。等到哪天步履也变得蹒跚了,我可能也就大限将至了。

行走不仅能锻炼腿脚，还能让头脑更加清醒。

脚力可以催生出智慧，我正是因为坚信这一点，才一直对散步热情不减。

啊，不知我这脚力的"保质期"还剩多久，这样随心所欲行动自由的日子，恐怕也已所剩无几了吧。

大声说话

讲课等
于慢跑

很久以前曾有过一场惨痛的灾祸。

小学老师们一个接一个病倒，连刚刚到任的年轻老师们都未能幸免，而且找不到病因。有些活力满满的年轻老师竟然患上肺结核，甚至因此丢了性命。找不到病因，预防自然也就无从谈起。

在那个年代，在一般人眼里，教师这一职业是个相当轻松的活计：不用参加体力劳动，每周还有固定的休息日，更不必说每年夏天都有悠长的假期。所以年轻力壮的老师居然纷纷病倒，实在让人百思不得其解。

　　过了一段时间，不知是谁臆想出来的，粉笔是致病之源的说法散播开来。虽然这一谣言毫无根据，但老师们居然深信不疑。按照谣言的理论，粉笔和黑板成了罪魁祸首——课上老师把黑板写满再擦掉时，粉笔灰尘不免四处飞扬，而吸入粉笔灰尘便会导致结核病。当时北至北海道，南至九州，这一谣言广为流传、深入人心，有些生性敏感的老师甚至要先用手帕捂住口鼻，才敢去擦黑板。

　　这一彻头彻尾的无稽之谈直到战后才被粉碎。小学老师纷纷病倒其实是过度疲劳的缘故。小学老师发病情况最为严重，也是因为他们的工作量最大。受限于那个年代的医学水平和大众的知识水准，当时人们并没有意识到这一点。

　　那时的小学老师原则上是不分学科的，一名老师必须独立承担自己班级所有科目的教学任务，每天除了午休时能稍微歇口气，其他时间都是从早忙到晚，单上课就要上五到六个小时，而且其间还一直处于说话的状态。为了让整个教室的学生都听清讲课的内容而不至于走神，大多数时间老师们几乎是在气喘吁吁地叫喊着讲课。刚工作不久的年轻老师们正是干劲十足的时候，甚至无暇察知自己的疲劳。

根据最近几年研究人员提出的观点来看，出声讲话其实是一件非常耗费精力的事情，在教室中大声讲课带给人的疲惫感与慢跑相当。小学老师一天工作下来，其强度不亚于跑完一个马拉松。身体不够强壮的老师会吃不消，自然也就不足为奇了。而且战前人们的营养条件也比较恶劣，这就进一步增大了发病的风险。

与那个年代相比，现在的教师培训机制要严密和完备得多，许多细节都会被不厌其烦地一一讲授，但发声训练却依然不见踪影。毕竟日本的教师培训模式完全照搬国外，国外没有的东西，我们自然也就跟着无视了。直到现在，主管教师培训的部门依然没有关注到发声训练。这算是现代教育的疏漏之一。

说话也是锻炼

学校的老师们对发声技巧往往知之甚少。

不会腹式呼吸，人们便无法发出响亮的声音，而且声音传不远，稍微隔开一点距离便听不清楚了。大多数老师都是使用胸式呼吸法而不自知。腹式呼吸虽然是更加理想的方法，但要从已经习惯的胸式呼吸转换为腹式呼吸的话，还是需要些诀窍的。不经过有意识的训练，到老都会是扯着嗓子说话。当然，反过来通过大声说话而掌握腹式呼吸的人也不在少数。古时从事"声音工作"的艺人们经常攀上屋顶，迎着凛冽的寒风大声练习，经过这种训练的人说话时自然采用的是腹式呼吸、腹式发音：在那个没有麦克风、扩音器的年代，想让每一个观众听清自己念出的台词，除腹式发音之外别无他法。但普通人终其一生也无法知晓其中的奥妙。学校的老师们对此一无所知便匆忙走上讲台，所以才为疾病侵袭，相继病倒。

不过话说回来，如果我们把说话当作一种运动来考虑的话，就能发现它于健康有益的一面。

当前，发声也是一种有益的运动这一点，仍未获得世人的明确认同。厚生省[1]从进步

1 日本负责医疗卫生和社会保障的主要部门，后演变为厚生劳动省。

的角度出发，也不再使用"运动量"一词，而改为用英文"exercise"来表示。

战后，"运动"一词有了不少政治意味，比如，它在"劳动运动""学生运动"这些政治名词中频频出现，带着一种别样的语感，语义不再如当年"运动会"的"运动"那般单纯。不知道厚生省是不是出于该方面的考量，转而推出了"exercise"一词。这一词汇从语感上来说，确实令人耳目一新，但不知为何却迟迟未能为大众所接受。

目前，大声讲话也是一种相当剧烈的运动这一观点仍未得到大多数人的承认。厚生省列举出了林林总总的"exercise"，比如散步、游泳、做家务等等，但其中仍然不见说话的踪影。从这一点可以看出，大多数人并不认同说话也是一种运动。

从事脑力工作的人缺乏运动时，往往首先想到去散步。而越来越多的人也开始选择更加剧烈的运动方式来进行锻炼。当然，即便是这类人群，也仍未认识到说话对于健康的益处。由此我愈发觉得，我们的当务之急是要转变观念。

每日过着埋头读书、伏案工作的生活，往往容易忘记开口说话，因为说话的机会少之又少，即便留心注意也无济于事——久坐不动也对身心有害，这一点虽然是常识，但现代人似乎浑然不知——人是需要说话的动物，长时间离群索居并不可取，绝非一个正常人的生活之道。

聊天伙伴

我有一群聊天伙伴。

如果家人能成为聊天伙伴的话，自然再好不过。可对大多数人来说，中年一过，家庭内部的交谈便会逐渐减少，甚至几近于无。争吵不断的家庭，从说话是"exercise"这一点来看，反倒成了健康的榜样。毕竟，很多家庭连吵架这样的"交谈"都没有。

同学聚会时的聊天往往索然无味。在我们这些老年人的同学会上，聊天的话题无外乎得了什么病，彼此同病相怜一下；或吹嘘孙子有多优秀，志得意满一下；实在是非常无聊。将这样的聚会当作谈话"exercise"无异于痴人说梦。

但又实在想找个聊天伙伴，该怎么办呢？于是我召集了以前一起喝过几次茶的泛泛之交，定期聚在一起谈天说地，聊个痛快。只有两个人干聊是没什么意思的，再找上两三个人也不算多，一般来说以五六人组局为宜，而且最好还是来自不同专业领域的伙伴。如果大家都是来自同一个圈子的，聊起来难免有顾忌，最后往往顾左右而言他，说一些不痛不痒的废话，让人意兴索然。

而如果大家来自不同的领域，情况就不一样了。这时人们往往会有一种莫名的竞争心理——自己了然于胸的知识对他人来说居然仿佛通往新天地的大门，而他人熟知的常识又能让自己耳目一新，于是每个人不知不觉中都生出一种独一无二的信心来，越聊越觉得轻松惬意。这样的聊天才称得上有趣。大家谈笑风生间，往往不知时间长短，有一种特别的痛快淋漓之感，如果说话也算一种锻炼的话，那这种聊天可是远胜散步的锻炼啊！唯一美中不足的是，它不能像散步那样可以随时随地进行罢了。

组织聊天俱乐部

我们由于忙于各自的工作，每个月只能聚会一次——虽然已颇见成效，但间隔还是略长。如果能组织一个类似的聊天俱乐部的话，我们每个月就能享受两次谈话"exercise"了。

聚会时最好还是稍稍准备些饮食，毕竟连古人也知宴饮闲谈之乐。我辈的知识对谈虽然只能配些简餐，却远比山珍海味更有滋有味。不过，边吃边聊时还是需要稍稍注意，要是一不留神因噎住而窒息就麻烦了。

聚会时不宜使用真实姓名，以免大家私底下相互打听，流言恶语四起。聊天的内容也要尽量无关当下，最好聊一些未来前景之类的话题，这样大家便能无所顾忌地相互诘问、展开辩论。因为心中无所顾忌，想到什么就说什么，所以思路自然而然也随之清晰起来。这种乐趣简直世间难寻！我不由得这么想。

如果每次聚会当场都要敲定下一次聚会的时间，实在是麻烦得很。因此我想到一个办法，那就是"重日聚会"——1月1日大家往往事务繁忙，可以排除在外，但假如是定在2月2日、3月3日、4月4日这样的数字重复的日子，就能避免因为忘掉时间而错过聚会了，而且早早地确定聚会的时间，可以省很多麻烦。这样的聚会我们已经坚持举办了十年之久，唯一遗憾的是每月只有一次，实在是少了点。曾经有人提议每个月的第三个周四聚会，而这种"第几个周几"式的聚会就能想办几次都可以。比如每月第三个周四的"三木会"[1]、第一个周六的"一度会"[2]，类似的约定方式一个接一个，层出不穷。

前些天，我们在聚会上聊到了与云有关的话题，有伙伴便提到云其实与高血压的发病率有关，让大家颇为震惊。然后话题进一步深入：日本海沿岸的自杀率比太平洋沿岸的自杀率要高，其原因何在？于是大家便随口聊到这可能与当地的日照时间有某种关联，比如热带地区的自杀率比北欧地区的低很多，可能便是热带日照时间更长的缘故。这种聊天于身于心都是有益的，在座的成员也都隐约有相同的感受，所以很少有

1 日语中周四为「木曜日」，故每月第三个周四的聚会简称为「三木会」。

2 日语中周六为「土曜日」，按照上文的规则简称为「土会」，「一土会」与「一度会」与之谐音。

人因为偶感微恙便缺席。

我们从小就被教育，说话声音大是没有教养的表现。尤其是女性，从小就被耳提面命：说话要柔声细语。英国谚语有云："小孩子应该让人看见，而不应让人听见。"意即小孩子应当在人前惜字如金，举止有礼。这句话将说话视作不体面的行为，但只是说小孩子应该这样做，而非其他人。实际上正是英国人创造了俱乐部，以便能享受谈话聊天的乐趣。

我们日本人也应创造出属于我们自己的聊天文化。

学会倾听

铭记于
———┃ 心的话

日本国内的情况我不太了解，但在国际上，日本人的不善言辞几乎众人皆知。美国人甚至曾编出一个笑话来调侃日本人的演讲："什么，安排了日本人演讲？那可糟了，我得带上胃药。"因为演讲一般是安排在宴会之后，如果碰上效果糟糕的演讲，刚刚酒足饭饱的人肠胃可能就会不堪重负了。日本人用自己的母语演讲尚且寡淡无味，更何况用的还是英语，所谓演讲效果自然是无从谈起。

为什么日本人如此拙于言辞呢？忙碌的日本人自然是无暇去思考这种无聊问题的，所以原因至今不明，谁也说不出个所以然来。

日本人也好，外国人也罢，刚出生时自然是没有什么分别的，所以问题应该出在出生后的语言环境上。日本人平日里喜欢不痛不痒地说话，这种习惯自然也会在潜移默化中传递到孩子身上，自此影响孩子的一生。很多人连这一点都想不明白，就更不会意识到家庭中寡言少语的气氛究竟在智识上给日本人造成了多大损失。

回想起来，在战前昭和初年时的小学里，口才出众的"口头"老师几乎一个都找不到，但是写得一手好字的"笔头"老师却比比皆是。当然，老师在教室讲课的时候也是会说话的，但这些话对于小学生来说往往是东风马耳，转瞬即忘。能说出让孩子铭记于心的话的老师即使有，也为数极少，至少在我当时就读的乡下小学里是找不到的。绝大部分老师讲起话来，不过是徒劳地振动教室里的空气罢了。

我上小学三年级的时候，有一天全校所有学生都在操场上集合，聆听政治家小笠原三九郎的讲话。

小笠原先生站在斑驳破旧的讲台上，首先向我们提出了一个问题："各位同学，你们听过桃太郎的故事吗？"怎么可能连这个故事都没听过嘛！这个问题激起了同学们的好胜之心，大家都不由得专心起来。然后小笠原先生趁势进入主题，问道："那你们知道桃太郎为什么伟大吗？"大家对这个问题猝不及防，一时无言以对。"那么，我就给大家讲讲桃太郎的伟大之处吧。"一年级的小学生是否能听懂，我无从知晓，但当时三年级的我虽然一知半解，却自始至终都贪婪地专心听着。此后的数十年里，每当我想起当时的场景，都会心怀感激。

小笠原三九郎先生那时想必还没有当选议员。明治维新之后，萨长势力[1]把持了政坛，三河作为德川家[2]的发祥地自然备受打压。此地出身的人个个小心翼翼，从小便习惯了夹着尾巴做人，即使参军也逃不过这种打压，一旦升为佐级[3]军官，便会被发配到预备役，与直接开除无异；从政的话，连郡长的位置几乎都由新政府的人占据，知事一职自然更是没有指望了。在战前，从来没有三河出身的议员成为内阁大臣的先例。小笠原三九郎先生正是在这样的时代背景下成功当选为议员的，而且在战后还打破惯例，出任大藏大臣，可谓是一位出类拔萃的人物。作为一个日本人，他年纪轻轻竟能说出让小孩子一生铭记于心的话，实在难能可贵。

纵观日本的小学、中学（旧制），教育中没有关于演讲的内容，也没有为此留出授课时间。老师都是些没嘴的葫芦，自然也想不到去教学生如何倾听。更何况，不光学校不了解日本人不善言辞的原因其实在于不会倾听，全社会也几乎没有人意识到这一点。

二战结束后，美国教育考察团来到日本，考察了日本的学校教育之后，给出了教育改革的意见。他们指出了日本国语教育中的重大缺陷，即过于偏重阅读教育，在写作方面的指导却不够充分，听和说方面几乎更是一片空白，并建议我国以听、说、读、写四项技能同步发展为目标。

既然是美国人的意见，政府自然不好置若罔闻，于是在小学一年级的国语教科书里加入了几页有关听力和口语教学的内容。实际上，政府从一开始便

草草应付，后来更没有什么动静了。可能让闷油瓶
老师们去指导学生锻炼口才，还是太强人所难了。

首先做一名
优秀的听众

前几天，我和首都圈的一所初
高中一体的学校闹了点不愉快。

那所学校邀我去演讲，对我说虽然是面向从初
一到高三的全体中学生的演讲，但仍要奉行自愿原
则，只有想听的学生才会到场聆听。

我顿时较真起来，为什么不全体到场呢？所谓
自愿到场，其实就是"想听就去听，不听也无妨"
嘛！这无异于指着演讲者的鼻子告诉他："你的演讲
毫无价值，没有人愿意听！"实在是失礼极了。我
向负责联系的老师表达了抗议，说这是对演讲者的
侮辱，结果对方辩解说全体学生都到场的话，人多
嘈杂，说不定有些学生还会在现场打起盹来，所以
干脆只留下愿意到场听讲的学生。

说起来这也是学校内部的事情，全体到场还是
自愿到场，这是学校的自由，只是对远道而来的演
讲者来说，心中难免不快。而且组织方还毫不在意

地说出来，实在是太过轻率了。我因此意兴索然，说那干脆取消算了——于人于己都平白添了不少尴尬。

这也让我想起四十多年前的一桩旧事。我初中的母校（如今已变成高中）在五十周年校庆时，邀请我以校友身份发表纪念演讲。时任校长恰好是与我同年考入大学的同学，因此邀请我时说话也比较随便，让我尽量长话短说。"这里的学生听老师以外的人演讲时，超过三十分钟就会吵闹起来，管都管不住。"对此我目瞪口呆，自己的母校何时变成了这般光景！我瞬间兴致全无，又碍于情面不好拒绝，着实苦恼了一番。

如今，高中生懒于聆听几乎成了全国性的问题。诗人西胁顺三郎有次曾到山梨县的一所著名高中演讲。西胁先生高深莫测的演讲自然不易听懂，学生们觉得无聊，便开始交头接耳起来。诗人愤然中断了演讲，让学校方面慌乱不已。学校骤然把完全不知道该如何聆听的高中生们扔给诗人教化，这种做法也确实武断了些。老师们对此茫然不知，说明他们自己的耳朵也和学生的一样，缺乏聆听的能力。

回忆完旧事，再看看引我不快的那所初高中一体的中学，我发现四十年时光过去了，学生们不善聆听这一点竟丝毫没有改观，想想也是有趣。

对那些不善聆听的学生讲话时，必须有像小笠原三九郎先生那样的讲话技巧。我们这些凡夫俗子既然没有小笠原先生那样的本事，那除了挑选听众之外似乎别无他途了。不过，光提出"自愿参加"这种不痛不痒的要求也是不行的。我觉得要先挑选二三十个真正具有热情的学生，然后对他们进行考试选拔——向他们播放大约五分钟的演讲音频，要求他们用四百字总结其主旨内容。

考试成绩优秀的同学可以与演讲者同坐一张桌子聆听演讲，在演讲结束后还可以谈谈自己的感想或者提问。这样不断重复下来，说不定就能培养出优秀的聆听者。而且通过这样的活动，演讲者与听讲者还能相互提高"聪明"程度。"耳聪"远比"目明"更重要——只有认识到这一点，日本才能无愧于自己"言灵赐福之地"[1]的名号。

早起活动身体

广播
体操 |——

"好久不见！您依然这么健康，实在
太好了！"

一起做广播体操的伙伴跟我这样寒暄着。不过
这种寒暄方式总让人觉得其言下之意是："还以为您
去世了呢！"感觉多少有些奇怪。我明明活得好好
的嘛！

我已经记不清自己在这个北之丸公园坚持做了
多少年体操了。我家附近的公园也有广播体操会，
可是离家近了我总觉得提不起干劲，所以才特意大

老远一路坐地铁到九段下，加入了北之丸公园的体操会。时间长了，和同做广播体操的伙伴们也渐渐熟络起来，我会偶尔寒暄一句："全日本也找不到比咱们这公园更好的体操场地了！"大家也会热情地回应我："确实如此呢！"

今年冬天天气格外寒冷，因此我早上经常爬不起来床，也懒得做广播体操了。公园的广播体操每天早上六点半准时开始，要想及时赶上，我必须准时搭乘五点四十五分的地铁才行。想想每天都是天还没亮的时候就要开始做广播体操，连旁边的人是谁都看不清，实在是麻烦得要命，不知不觉间我也就懈怠了下来；再加上冬天容易感冒，动辄就得卧床休息，做体操的事，我自然也就一拖再拖，每天窝在家里偷懒。

过了 3 月中旬，不知为何我忽然又感到精力充沛了，心知可能是健康状况好转，便又重新捡起了荒废已久的广播体操。

因为我久未露面，老伙伴们一见我自然又是欣喜，又是庆幸。那位耳鼻喉科的老大夫依然带着他的爱犬，我便随口夸赞了一句："真可爱呢！"老大夫告诉我:"这家伙出生证明上的生日是 3 月 21 日,我的老父老母又正好都是这一天去世的,我感觉冥冥中有某种缘分似的。""那这家伙岂不是相当于您高堂转世啊!""谁说不是呢!"老大夫郑重地向我表示赞同。

3 月的公园已是一派青葱景象,颇为赏心悦目。樱花虽只冒出蓓蕾,但已经吐露点点浅红,不日即将盛放。一套广播体操下来,我这副衰朽的老骨头仿佛重新变得结实有力了,头脑也清晰了起来,半年来的烦闷抑郁瞬间一扫而光。我心中不由得暗暗生出豪情壮志:接下来一定要好好锻炼!一瞬间我有种仿佛返老还童的错觉,但随即便意识到,这靠的不是我自己的力量,而是春天的力量——这与草木萌发、鲜花绽放一样,完全是春之活力的功劳啊!人不过是顺带着沾了些春天的光而已。

有一次我乘出租车,与司机闲聊时听司机说:"春天鲜花盛开的时候,连乘客都会变得更加体贴有礼呢,给小费也会更大方。"其实远不止如此,曾经我的班上有一个罹患心脏病的学生,平时总是老老实实不言不语的,但一到了春天就会给我打电话过来，聊个不停。他连续好多年都是这样，可能也是因为逢着春天，情绪不知不觉变得兴奋了吧。

春天让人
重回年轻

学校开学的日子定在 4 月，也是合乎自然的道理的。我之所以会想到这个问题，是因为最近看到新闻上说，东京大学正在讨论将开学日期改为 9 月。这让我很是吃惊，甚至有些愤怒。我感觉自己作为春天的支持者，不能就这样沉默以对。

作此变更的理由其实多少有些无聊，据说是希望招揽优秀的留学生，增强国际竞争力，所以才削足适履，按照外国留学生的习惯调整开学时间。

东大作为一所国家公立大学，完全依靠国民的税金维持运营，所以应当首先重视本土学生的需求，培养优秀的本国人才，留学生的需求应当被放在次要位置考虑。如此本末倒置，实在不可取。

放弃万物萌发、跃跃欲试的春天，转而将黄叶飘零的秋天作为开学季就更加不可取了。须知转瞬即逝的秋天过后，便是万物萧索、闭门不出的冬天啊。东大人才云集，这一方案肯定是经过众多优秀的教授集体讨论才得出来的，或许有着某些不为人知的考量。但说到底，他们并没有给出将春天弃之不顾的过硬理由，这样春天会哭泣的！

我只是一名已经退休的老教师，可能这件事也不是我该去担心的。不过，我正是因为自己蒙受春天的恩惠，寻得了些许人生的"文艺复兴"之感，所以才感觉每年如约而至的春天如此珍贵，如此值得庆幸。

最近医生每遇到老年患者，便把"加龄"[1]一词挂在嘴边，仿佛它是一个口头禅似的。老人们为此倍受打击，不免更觉凄凉。这便是所谓"仁术"的愚蠢之处。

在我看来，只要春天重来，腿脚跃跃欲试，便让所谓的加龄喂狗去吧！相比冬天，春天一到，人们不仅感觉体力充沛了，斗志也同样昂扬起来，甚至会忘记了年龄，精力充沛到连整日工作都不在话下。每年的春天，都是一次小小的"文艺复兴"，如此循环下来，哪里还有什么衰颓之感？不如说是返老还童更恰当。不知有没

一 即壮年过后，身体日衰之意。

有与"加龄"相对的"减龄"一词？没有的话我便
造一个出来！随着春天的到来，老去的和将要老去
的都重新变得年轻起来，这便是减龄嘛！以后谁再
提加龄，大家便有词汇反唇相讥了。我居然一本正
经地思考着这样的问题，想必也是春天的活力在鼓
动着我吧。

春天简直是做广播体操的最佳季节，手脚仿佛
有用不完的力气。今天早上做完广播体操之后，我
坐在长椅上稍作休息。这时从对面走来一位老相
识——著名的无家可归君。他是我们体操会有名的
编外人员，多年来的老朋友，几乎人人都认识。他
竖着一根手指头向我走过来，我正疑惑的时候，他
说："能给我一根烟吗？"说罢还做了一个抽烟的动
作，实在是可爱极了。

"我不抽烟，所以……可以给你这个。"我掏出
身上所有的零钱给了他。

"太感谢了，先生！"他向我深深鞠躬表示感谢。
"先生"这个称呼我自然是愧不敢当，不过却也没有
丝毫不快之感。

之后我便到千鸟渊散步，本以为开花时间还早，

没想到樱花竟已花蕾初绽，看来不日即将盛放了。此情此景让人心情舒畅，忍不住低声哼起歌来。我在散步时唱的歌，不必说自然是那些令人无比怀念的老歌。虽然《故乡》《我们是大海的孩子》是我的最爱，不过还有比它们更适合在春天哼唱的歌谣。

唱着唱着，我不由生出将未完成的书稿补完的念头。突然冒出工作的念头，想想就莫名好笑。还是早点回去工作吧，我这样想着，不知不觉加快了脚步——可能也是春天勾起了我的工作热情吧。

趁饭前工作

饮食休息
——丨最重要

我经常去医院取药。口服药的袋子上，明确标识着是饭前服用还是饭后服用。饭前服用的药物十分少见，大多数药都是饭后服用的。对这一点我一直好奇不已，为什么必须饭后再吃药呢？迄今为止，还没有一个医生向我解释过其中的缘由。

于是我便胡乱猜测了一番。如果从药效发挥的角度考虑，那空腹服用一定是优于饭后服用的。避免空腹服药，想必是因为药物中含有某些强效成分，空腹服用后药效过强反而于身体有害，和食物混杂在一起的话，虽然药效可能降低了几分，但危害也相应减少了——想必如此！想明白这个道理之后，我在服用感冒药一类的药物时，会特意在饭前趁着空腹把它们喝下去。

大多数人会选择在饭后服药，也倾向于在饭后工作，尽管服药和工作这二者毫不相干。我年轻时，有一次跟一位我十分敬重的老师提到，我学习时习惯不吃早饭，结果被老师教训一通："空着肚子哪里来的力气？要打仗也得先填饱肚子嘛，还是先把肚子填饱再学习为好。"我尴尬不已。这位老师就是典型的"饭后主义者"。

体力工作当然另当别论。以前的农村家庭早起第一顿饭便是味噌汤。在气候温暖的地方，人们自然是不吃味噌汤的，甚至有时候连饭都不热，直接用茶泡饭就能打发过去。但是在气候寒冷的地区，据我的经验，如果早上不来一顿热热的味噌汤和白米饭让身体暖和起来，就完全没办法工作了。我的那位老师就是在寒冷地区长大的，我想他大概每天早饭没有味噌汤便食不知味，而且他对早饭的重视，以及在饭后工作的习惯，可能也是来源于此吧。

被老师这样说了之后，好长一段时间我都不知如何是好，不知道早饭究竟该不该吃。原因之一在于我习惯晚起，没有充足的享用早饭的时间。更加重要的原因在于，我察觉到吃完早饭后，会有好一会儿大脑仿佛不能工作。我自然而然联想到中学的时候，吃完午饭后昏昏欲睡的感觉，那可能是身体抵触饭后学习的信号吧。学校里有很多相当不好的作息安排，我至今仍时不时这样想。常言道："饭后休息不可少。"确实如此。什么时候人们才能养成饭后从容休息的习惯呢？

早晨是金，午间是银

午饭和晚饭过后要是想休息，自然不是什么难事。不过，早饭过后，人们往往有一大堆事情要处理，想要优哉游哉地休息一下几乎是奢望。恐怕只有那些无事一身轻的退休人士，才有这等福分。

经过长时间的思考和尝试，我发现最适合脑力劳动的时间依次是早上、中午和晚上。如果有工作的话，上班时间往往身不由己。早饭前和晚饭前的时间便成了效率最高的时候，只是很难充分利用起来。

我年轻的时候总是一觉睡到日上三竿，自然谈不上什么早饭前的时间，对"饭前功课"也只是空有热情，而没有时间践行；到了快吃晚饭的时候，已经忙了一整天，想趁着饭前的时间坐在桌前安心工作，也是说起来简单做起来难。说来说去，竟然找不到适合脑力工作的时间。

直到三十出头的时候，我才终于狠下心来，彻底跟早饭说拜拜了。这样一来，从起床到出门上班前这段时间便空了出来，我终于可以尽情做我的"饭前功课"了，而且稍一尝试便大有收获：前一天晚上费时费力怎么也无法解决的问题，第二天一早竟然轻轻松松地迎刃而解，实在是让人心情畅快。

遇到担心我不吃早饭于身体无益的人，我就会小小地撒个谎搪塞过去："也不是不吃，就是晚一点再吃……"英语中有个词叫"brunch"，就是把"breakfast"（早饭）和"lunch"（午饭）结合在一起造出来的词汇，其含义就是早午两餐并作一餐。

我通过每天的"brunch"将早饭和午饭一起解决掉，从而省出了相当多的时间。

人在饱腹时不宜做需要集中注意力的工作。电视台的主持人和播音员为了避免口误，在工作中总是神经高度紧张的，但是吃饱饭之后，集中注意力便十分困难。曾有位资深的播音员告诉我，他为了晚间的重要播报，往往一整天都不怎么吃饭，只用些轻食垫垫肚子。我吃"brunch"也是相似的道理，对于脑力劳动者来说，空腹往往是最佳状态。

白天往往不利于深入思考，因此傍晚到晚上这段时间便成了我的黄金时间，我在学生时代能取得优异成绩也多亏了对这段时间的充分利用。肚子越饿，头脑越清醒，再加上我又保持了运动的习惯，一场大汗淋漓的运动过后，晚饭前这段时间就变成了与早饭前相比毫不逊色的黄金时段，用于学习实在再合适不过。如果能把这段短暂的时间充分利用起来，那么无论是学习还是锻炼，都能取得可喜的成果。

"饭前功课"大体做完之后，接下来就该吃点什么了。这时人往往容易吃过量——哪怕一开始只是计划吃一点点。当我们胃里有了食物，哪怕并没有吃撑，也会感到疲劳，不由得昏昏欲睡，不仅无法继续学习，甚至还会不知不觉打起盹来。这时候如果勉强坚持学习，毫无收获不说，对健康也是百害而无一利。

对于朝九晚五的上班族来说，晚饭前的时间其实并不适合学习。往往你刚感觉到肚子饿，同事就已经开始组织聚餐了，所以倒不如挤出其他时间到图书馆自己一个人埋头学习，可能会更有收获。睡前两小时左右进餐，从健康的角度来说最为合适。不过，能在晚饭前挤出时间并加以利用才是最考验一个人的生活智慧的。

晚饭后身体和大脑都会感觉疲劳，处于一天的最低谷，不妨看看电视放松一下，学习可以暂时放一放。学校的学生们，兴头上来就经常通宵学习，实在是愚蠢透顶。这种行为于身于心都是害处多多。近来那种动不动就自夸通宵学习的人似乎少了，这一变化让人欣慰不已。熬夜真的是有百害而无一利。

　　大体说来，早上是金，中午是银，晚饭之前的傍晚时间也是银。晚饭过后的时间则变成了铁，再晚就连石头都不如了。用"石头时间"学习，自己的脑袋也难免退化为石头脑袋。

感冒是百病之源

时尚老年 |————

我国的一位政界人士曾有一则闻名遐迩的"老人三训"[1]（记不清确切的说法是否如此），我听了之后深有同感。我平时对政治毫不关心，对政治家自然也没什么兴趣，所以对此人所知不多。回想当时，那些掌握了话语权的进步思想家将他批判得体无完肤，而他本人正是在这样的情形下反思自身，总结经验，产生了如下思考。

[1] 即针对老年人的三条忠告，详见后文。

老人三训：

不要摔跟头

不要感冒

不要应酬

　　听闻这则名言，我深感这位政界人士确实有着极为丰富的阅历。单靠一个聪明的头脑，是说不出这样发人深省的话来的。在此之前，石桥湛山[1]便是因为应酬时染上感冒，病情迁延日久，直至危笃，不得不把好不容易争来的首相宝座拱手相让。其他政治家看在眼里，可能有所感触，但能说出如此一针见血、掷地有声的话，还是非常人所能及的。

　　那时美国正兴起一股让老人充满活力的风潮，媒体炮制出一则抓人眼球的广告语——"style aging"（有范儿地变老），不断推波助澜。

　　日本这边的媒体对"老人三训"不屑一顾，但对从美国舶来的新鲜事物倒是不遗余力地吹捧。这样一来，人们不管懂与不懂，纷纷盲目跟

[1] 石桥湛山（1884—1973）著名记者和政治家，日本第55任内阁总理大臣，一贯持反战、反侵略立场，为中日交往作出了许多积极的贡献。

从，一时间相关的消息甚嚣尘上。

"style aging" 风潮的领军人物是一位已经退休
的知识女性，她也针锋相对地提出了三个原则：

不拒绝邀请

不断款待别人

无论如何都要谈恋爱

对于那些面对爱情缩手缩脚的人来说，最后一条
原则自有其价值。另外，不拒绝邀请、不断款待别人
这两则，政治家听了应该也会感觉"深得我心"。不
过每天胡吃海喝，难免会动脉硬化，而对于那些怯懦
者来说，你再怎么鼓励，估计爱情还是与他们无缘。
一言以蔽之，所谓"style aging"不过是一句
空想出来的、没有任何意义的口号而已。

回过头来再看"老人三训"。普通人不像
政治家那样，可以躲开日常红白喜事的应酬。
至于"不要摔跟头"这一原则，对于年轻时
惯熟柔道、"受身"[1]造诣深厚的人来说，就
算打个趔趄，也不至于摔跟头；退一万步讲，

1 又称『倒地法』柔道基本技术之一。

哪怕真的摔倒了，也不过是小事一桩。

谨慎可以
预防感冒

"老人三训"里最重要的一则其实是"不要感冒"。我这一辈子，与感冒可以说有着不解之缘。我对感冒厌恶透顶，一直小心翼翼地预防，但每次还是毫无悬念地中招。反复折磨之下，甚至有生无可恋之感。

我上中学时，虽然知道有感冒这回事，偶尔也会患上感冒，但从未重视过，因为很快就会痊愈。尽管感冒时浑身难受，但从未因此请假缺课。

来到东京之后，我才第一次真正体会到被感冒折磨的滋味。东京不愧是大城市，在这里连感冒都与乡下截然不同。初次离家的我当时正处于觉得大都市里人人面目可憎的阶段，于是顺带着连东京的感冒也厌恶起来。

不久之后，东京的感冒还招来了其恶友——哮喘，情形愈发不可收拾。以往我在乡下的时候，偶尔也会感觉呼吸有些不对劲，但从未患过哮喘。现在正是年轻体壮的时候却患上哮喘，多少有些羞于启齿，因此呼吸上的异常我没跟任何人提过。这样放任的结果是症状不可避免地日渐严重，最后甚至恶化到呼吸困难的地步。不过我依然没有去看医生，只是自己硬扛着。我心想只需解决感冒的问题就好，不感冒的话哮喘也就不会发作。谁知自那次以后，感冒变得更加"厚颜无耻"了，经常找上门来赖着不走。在那个年代，哮喘还被视作一种典型的老年疾病。所谓"小儿哮喘"的概念，还远未形成。

　　我真正开始治疗哮喘，已经是大学毕业步入社会之后的事情了。我的第一份工作是在一所中学当老师，当时的一个同事的父亲是大学医院的教授。有次那位同事见到我在教室里呼吸困难，通过我的呼吸声判断是哮喘，便告诉了自己的父亲。那位教授也曾深受哮喘困扰，不过已经依靠自身完全克服了。他给我写信说，希望我能去他那里检查一下。

　　这位长辈医生教给我一个办法，将朝鲜朝颜[1]碾成粉末，点燃后呼吸其烟，让我受益匪浅。

　　这一治疗方法使我的哮喘病情终于得

[1] 即曼陀罗花，日本江户时代有将其种子和叶子用于治疗哮喘的记载。

到了控制，但对感冒还是束手无策。从初秋开始一直到第二年春天，我不知道要感冒多少次。不过我就算感冒了也很少去看医生，因为医生开的药对我几乎不起丝毫作用。本来面对一身白大褂的医生我就感到心情压抑，区区感冒更是不值得去受一趟折磨。

感冒药我也是尽量不吃的，因为根本就没有有效的感冒药。我曾经在为一家东北的小报写文时顺手写道，我还没有从药店里买到过有效的感冒药。当地一家药店的店主看到后，寄来了匿名的抗议书，说认为药店的药不管用，只有医院的药才管用是一种迷信，所谓感冒，都是因为不小心才会得，足够小心的话就不会感冒……东北地区药店的生猛作风让我目瞪口呆，但信中那句只要足够小心就不会得感冒，我却非常赞同，我也觉得都是因为我们疏忽大意，感冒才会乘虚而入。这个店主把自己的生意扔在一边，教给了我预防感冒的方法。不过，如果只要小心谨慎就能远离感冒，那药店倒闭也就为期不远矣。这家店主还真是敢说呢，我不由觉得好笑。

现代医学连某些癌症都能攻克，但对小小的感冒却依然束手无策。有位医生可能是对泡澡有偏见，曾严令我感冒时不得泡澡。但是感冒期间连日卧床，身上难免肮脏不堪。我感觉他的这种建议是从德国医生那里生搬来的，法国医生则是比较忌讳着风。日本的医学师从德国，自然严禁感冒期间入浴，其实这对治疗感冒有害无益。

感冒的功效

饱受感冒折磨后，我有了新的感悟，那就是，人还是时常感冒一下的好。偶尔患个小感冒，有助于我们远离更加麻烦的疾病。从这个角度来看，感冒可以说是健康的守卫者。

夸耀自己从来不感冒的人，却往往因为某种毫不起眼的疾病转瞬之间撒手人寰，这样的例子屡见不鲜。我的一位友人经常以自己从来不进医院为荣，却在四十几岁英年早逝。而我这个一直被哮喘折磨的病秧子却苟延残喘至今，丝毫不见大限将至的迹象。说不定这都是沾了感冒的光，如果当真如此的话，那就说明适时感冒一下反而是一种健康的表现。

从不感冒也从不喝药的人，就好比是一直在高速公路上飞驰的汽车，长此以往便容易忽视适时踩一下刹车的重要性。按照这个比喻，经常感冒的人就好比是在有很多信号灯的道路上行驶的汽车，走不多远便遇到红灯，只好停下等待，刚起步速度还没提起来，马上又是红灯，怎么也跑不快，出车祸的概率自然也就小得多。习惯于在高速公路上飞驰的汽车往往容易忽视信号灯发出的信号，一旦出事，后果就会极其严重。假如我们把感冒当作某种信号来看待的话，就会明白自己绝对不能掉以轻心。这么看，感冒也是自有其效用的。

我把这一想法写成了文章，朋友说他拿去给自己的医生看过之后，医生深表赞同。这让我很是欣喜，医生里面也还是有明白人的嘛！

医生治不好，也治不了感冒。药物也不起作用，甚至连预防的作用都起不到。在意识到感冒对危险疾病的预警作用之前，我一直为没有预防感冒的特效药而遗憾不已。当时我想，如果真能开发出这样一种特效药该多好，那就真算得上是世界之幸、人民之福了。

人们对于预防感冒有着形形色色的方法。我儿时曾听说，只要在夏天尽量多晒太阳（最好晒得黑黑的），就能一整个冬天都不感冒。但其实这种日晒法不光没有传说中的神效，反而还会起到反作用。其道理与结核病人洗过海水浴之后病情会加重相似。不过这个办法是我们那个年代预防感冒的唯一手段，要是连它都被宣告无效，我们也就别无他法了。

有一位比我年长的教授总是一副颤颤巍巍、病弱不堪的样子，但据说他年轻时从来没得过感冒。我向他讨教预防感冒的秘诀时，他夫人从旁插口道："秘诀就是每天换内衣。"干净内衣居然能够预防感冒？有好长一段时间我都想不通其中的道理，最后我想到人在换内衣时，总免不了有段时间是光着身子的，可能关键就在于这短暂的裸体时间。这个办法对于生活散漫的人来说，可是轻易实施不来啊。

预防感冒的方法

《新潮周刊》的记者曾在采访时问我有没有什么追求，或者说有没有什么心愿。我说我其实别无所求，只想知道预防感冒的方法。

他们本来期待我能回答一些有趣的东西，没想到只听到一个如此普通的答案，不禁大失所望。交谈中他们提到用刷子摩擦身体能够预防感冒。这个方法也许有效，但用刷子进行"干布摩擦"，我实在是没有身体力行的勇气。预防感冒的妙招可能真的不存在吧。

很久之前，我便听闻了"感冒研究专家"司马辽太郎[1]的大名。据说他也是在饱受感冒折磨之后，冥思苦想之下才想出了一个办法，那就是在脖子上围上布料，多多益善。据说他用的是花洋布，我一时准备不齐，只好找出家里的围巾，尽数围上。这样缠着围巾入睡，似乎确实不容易感冒呢。

我这副滑稽打扮经常招致家人的嘲笑，他们说我脖子上缠着一圈厚厚的围巾的样子，简直跟伞蜥一模一样。想到其预防感冒的功用，我姑且忍耐了下来。不过这个方法仿佛真的有用，这样坚持下来，我感冒的次数确实少了不少。

旧时老人们在入睡时，会把自己的薄棉衣掖到被子和肩膀之间，以防漏风。我的"伞蜥预防法"不过是这种方法的改进版而已。

经常运动的人往往更容易染上风寒感

一 司马辽太郎（1923—1996）, 日本作家，代表作有《坂上之云》《宫本武藏》等。

冒。并不是说运动出汗会导致感冒，其原因在于出汗会带走热量，导致体温降低。大量出汗之后必须更换内衣，这一点运动爱好者们不可不知。

前文曾提到过，德国医生提倡感冒之后避免入浴。二战之前的日本医学完全照搬德国医学，所以也同样认为感冒之后绝不可洗澡。

直至八十岁之后我才明白，洗澡对感冒的人不仅全无害处，反而不论是用于预防还是治疗，都裨益良多。

感冒的英文是"cold"，直译过来就是冷，意即身体受冷就会感冒。那么要治疗感冒，让身体暖和起来总是没错的。我们感冒时发高烧，其实是一种将风寒逐出体外的机制。德国医生用退烧药强行降低体温，这与正确的方法背道而驰，反而会让感冒变得更加严重。暖身发汗的葛根汤之所以能成为治疗感冒的方剂，其原因就在于此。而若论暖身，入浴泡澡岂不是远比药物更加有效？答案是肯定的。

我在看医生时，战战兢兢地问给我看病的专家："就算有些轻微的感冒，泡个澡的话应该也没关系吧？"

"完全没关系，只是注意不要着凉。"

得嘞，我想。年轻时我一直以为感冒时是绝对不能洗澡的，如今终于能放心大胆地泡澡了，实在是愉快之至。

等到了冬天，我不是感冒就是在通往感冒的路上，也就无法验证泡澡的预防作用了，好不容易从医生那里得到的许可恐怕会白白浪费了呢。

早上起来只要稍有感冒的前兆，我就会在吃过午饭之后稍作休息，接着泡一个水稍烫的热水澡，直泡到满头大汗，然后出来冲洗一下，再继续泡澡。

接下来趁着泡完澡的热乎劲儿，我才准备正式上床睡觉。睡前我会吃些非处方的感冒药。一般感冒药里都含有安眠成分，能帮助你睡个好觉。

一个小时的睡眠过后，醒来时那种神清气爽的感觉简直无与伦比，令人心情无比舒畅，连日来的不适感一扫而空。一开始的时候，我是怀着战战兢兢的心情尝试在感冒潜伏期泡澡的，如今却无比自信，并且每次都收效甚好。我也想试试真正感冒的时候，这个方法是否有效。但遗憾的是，我还没找到机会。

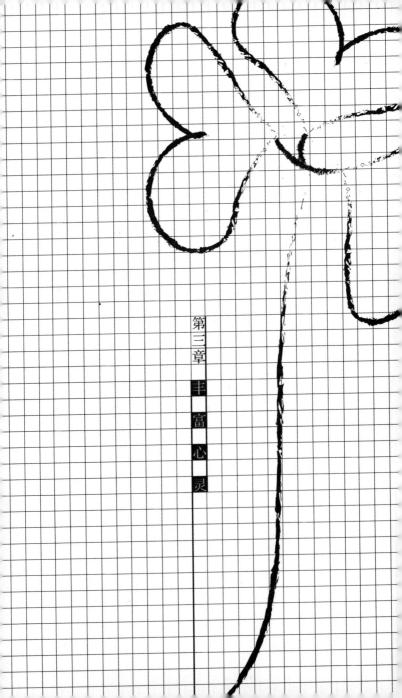

第三章　丰富心灵

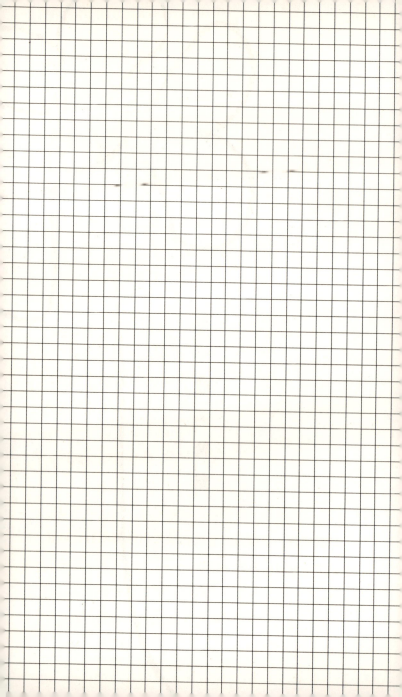

认真对待生活

人并非为追
——— | 求知识而活   当今社会可以说是在一种"知
识信仰"的推动下运转的，人
们不惜任何代价地去追求知识，却从未反思在这个
过程中失去了什么，实在是令人叹惜。

学校就是这种传授知识的地方，全社会都对其
另眼相待。学校为让学生获取知识倾其所有，以让
学生学习知识为第一要务。

学生们每天在学校的时间从早到晚都为学习所
占据。即便是在学校里，午饭还是要吃的，但有些

学校根本意识不到每日的午饭也是校园生活不可或缺的一环。

孩子被迫放弃正常生活，为了学习全力以赴，任何一个正常的孩子都不会觉得这种枯燥的生活有任何乐趣可言。学校和家庭不允许他们像真正的孩子那样去生活，以至于他们在进入叛逆期的时候往往产生严重的逆反心理，甚至走上歧途。学校不屑地给这些孩子冠以"后进生"的名号，丝毫不曾反思自己的所作所为是否有违人道。关于这一点，近代以来的教育丝毫未曾反省过。

明治时代曾有这样一段"佳话"。有个学者一心专注于学术研究，两耳不闻窗外事，连日俄战争都一无所知。他当时被尊崇为做学问的榜样，人们以为这种人才是大学这座象牙塔的顶梁柱。似乎一个学者越远离日常生活，也就越有价值。但其实象牙塔里没有价值，只有知识的碎片，而启蒙期的日本社会对此却一无所知，令人不禁叹息当时观念的落后。

类似的例子还有对彻夜苦读的美化，完全不顾通宵学习对身体多么有害，让效率多么低下。不管是否有必要，不明就里的孩子和年轻人都将彻夜学习奉为圭臬，而周围人看着也不觉得有任何不妥。

成年人错误地以为，否定生活才更加合乎知识之道。那些白天无所事事，一到晚上却扑到桌前埋头把稿纸写满的作家和文学青年，如果因此病倒了，在世人的观念里反而成了某种模范人物。这种错误的观念和做法不知耽误了多少有才能的人。

还有一种观念认为，从事学术研究或者艺术工作的人，必须视钱财为身外之物，若对财物有丝毫关切，则为动机不纯——囿于这种观念，人们往往喜欢美化那些"幻灭型"的人物，文学青年也越来越不食人间烟火。踏实生活的普通人对此自然是不以为然的，只是顾及一直以来的"知识信仰"，未曾深入考虑其害罢了。

人并非为了知识而活，只是为了活得更好，必须掌握某种程度的知识和技术而已。如果被尊重知识、追求知识的思维给框住了，我们不知不觉就会忘记这一初衷，忽视了我们是为了"活"才去"知"，反而本末倒置地认为，为了"知"而"活"才更加高尚。人一旦被这种可笑的观念禁锢，就如同得了无可救药的病症而丝毫不自知。

人们从来不思考知识是否有用。知识原本就不是多么宝贵的东西，懂得再多也不一定就能过好自己的一生。知识的"量"往往并无多大价值。做一个"百事通"固然能带来某些便利，但对于这个世界来说必不可少的东西，并不一定能对一个人的个人生活起到帮助，比如那些被称作"活字典"的人物（这样的人物在欧洲也为数不少）就是这样。人的价值在于活着，而不是当一部字典。

获取知识需要优秀的记忆力，那些知识精英无一例外都是在记忆力上出类拔萃的人物。而普通人往往是对一些无关紧要的事情念念不忘，被人夸赞几句便自鸣得意起来——记忆力好，说明头脑聪明嘛！至于那些过目即忘、不善记忆的人，则往往被视为傻瓜，在不知不觉中失掉自信，变成了真的傻瓜。那些"记忆人"是不会承认遗忘的作用的，他们只会不管有用没有，就把信息全都装进脑子里，然后为自己的"博闻强识"而沾沾自喜。

"电脑人"
效率低

不过"知识信仰"也自有其软肋，那就是电子计算机。自二十世纪中叶问世以来，电子计算机已经陪伴我们超过半个世纪，但我们仍未清楚地意识到计算机究竟给我们带来了何种影响。

电子计算机可以说是记忆的巨人，在知识或者信息存储方面，人类难以望其项背。一个人的记忆力再好，也没办法同电子计算机一较高低。

知识界自然不免受到冲击，可那些知其然不知其所以然的"电脑人"们，半个多世纪以来却一直活得优哉游哉，有滋有味。

近些年来，就业难愈演愈烈，人们大多将其视作社会失衡的体现，却极少有人联想到这些工作岗位其实是被计算机夺走了，实在是不可思议。

与其雇佣那些装了一脑袋知识碎片却毫无工作能力、没有上进心还牢骚满腹的毕业生，确实不如直接用电脑来得划算。电脑可以不眠不休地连续工作，也没有抱怨或不满，更不会要求涨工资。对雇主来说，福利保障的钱省了，还不用交养老年金，当然能用电脑就绝不用人。只不过有些雇主还是不够果断，犹犹豫豫，不敢下定决心，这才让那些"电脑人"得以苟延残喘。与真正的电脑相比，"电脑人"实在是效率太过低下。

过去，在人们眼中，一名雇员如果为生活的事情分心，就是不够敬业。这是因为那时只有人能工作，一个人的全部心思都扑在工作上了，个人生活自然就无法兼顾。一言以蔽之，在过去，可以说生活就是工作，活着就要工作。

电脑问世之后，情况彻底改变了。人类不管再怎么不眠不休地工作，也不是机器的敌手。若论工作能力，可以说没有人能在单一事务处理方面比得上电脑。人是活着的个体，是需要生活的，而生活不是工作。可电脑没有生活，也不用生活。

在生活方面，则没有比人类更加优秀的了。可惜很多人对此一无所知，他们舍弃了自己的生活，一心扑在连机器都能做好的工作上，将之作为自己生活的目标。用现代的眼光来看，这种行为实在难言明智。

近代教育一直推崇"工作第一"，我们自出生以来就被这样耳提面命地教育着。在那个年代，为了那些机械性的工作而舍弃一个人应该拥有的生活，反而被视作一件值得奖赏的事。只要能完成工作，哪怕在生活上一团糟，也能受人称赞。越远离生活，在专业上就越有价值，这种思想也随之兴起。似乎一个人只要有一技之长，他其他方面的缺陷就都可以被谅解了，就能被视作天才式的人物了。

人的价值
在于生活

人人都在生活——这种话可能会遭到嘲笑。

我一直认为人的价值从生活中来，但有很多人都对这一看法嗤之以鼻。那些于我们的生活有害的事情，如果披上一层"都是为了工作"的外衣，似乎也就变得美好起来了。

学校剥夺学生的生活，强行将灌输知识作为教育的第一要务，一意孤行地逼迫学生刻苦学习。在学校里能称得上生活的，可能也就午休和课间那短短的一点时间而已。本来放学后的课外活动多少也算有点生活的味道，可惜在学校看来，运动和学习是无法兼顾的，所以学校取消活动时自然是毫不含糊。学习本应作为生活的一部分来展开，但这个被"知识信仰"绑架的社会深信，只有与生活剥离开来，学习才能有所进步。

如今我们已进入计算机时代，关于知识和生活的这些旧观念已经不合时宜了。人因为有生活才成为人，掌握的知识再多，没有生活，其人生也难言有价值。

读书、求知、学习其实都是生活的一部分，但人们往往以知识为中心去考虑问题，以为疏离生活才值得鼓励。

知识本身是没有任何威力的，在生活中也好，工作中也罢，它只有被人运用的时候才会发挥作用。一个知识分子如果生活得乏味无聊，则难免沦为陈腐的老学究。知识因生活而存在，但长期以来，我们的学校教育却大多是本末倒置、南辕北辙。

在学校生活中，即便不是每天走读，而是在宿舍过着集体生活，我们也能学到很多东西。英国的公学就基本上都是住宿制的，牛津、剑桥这样的著名大学也无一例外都是住宿制。甚至学生进入公学之前要就读的预备学校，也是要求学生离开父母、加入集体生活的。英国人偏重经验而不重观念，因此培养出了很多富有个性的成功人士，想来这与英国独特的学校生活不无关系。在英国，教育就是生活，学校对运动的重视丝毫不亚于功课，因而避免了偏重知识的弊病。

接受过这种教育的人，是绝对不会对生活存有轻视之心的。我们是不是也该反省一下，那些不接地气的知识对人们来说是否真的有用？

我自己也曾经在中学宿舍里过了五年集体生活，回想起来，还是从中获得了不少教益的。中年之前我并未察觉，直到年老时回想起来，才意识到住宿生活对我人格的形成起到了重要的作用，我对教育的看法也随之改变了。不过同时我也意识到，单有集体生活也还是不够的。

发现
生活

走出学校、参加工作之后，人们整日忙忙碌碌，往往再无暇去反省自己的生活缺少了什么，容易误以为只要努力工作，生活就能变得充实。也就是说，一个只知道工作的人，往往容易失去自我的本真。

退休之后，我们脱离了之前繁重的工作，再无琐事缠身，但转念一想，这种以前看来闲适的生活，其实与失业没什么两样。此前一直过着工作就是生活的日子，工作既然不在了，生活自然也就无所凭依，我们从此失去了存在感，整日无所事事，不知不觉病魔也会乘虚而入。这并不是俗称的"退休症候群"，而是人在失去生活本身之后，生命力也随之变弱的体现。

对于从事知识性工作的人而言，处理好生活与知识的关系是非常必常的。正如前文提到的那样，工作与生活的关系如此微妙，所以究竟是在生活中工作，还是在工作中生活，是一个我们必须好好思考的问题。

知识性的工作或多或少会给我们的生活带来一些痛苦，所以，我们有必要去重新发现生活。

要重新发现生活，需要首先让自己的生活变得更富知性，然后还要让那些知性的东西尽量贴近生活，最终将生活和知性结合起来，我们自身的价值也会随之提高。古人在人生走向后半段时往往选择出家，出家人如何生活我们现在已经不得而知，只能想象——可能是一种将生活升华至精神层面的生命状态吧。

时至今日，形式上的出家已经很难实现了，但通过知性升华生活、通过生活的力量实现自己与众不同的人生价值，却并不是一件不可能的事情。

最后，这些长篇大论可以归结为一点，那就是发现知性的生活，唤醒生活的知性。如果能够让知识和生活联起手来，我们今后的人生就会大为改观。具体而言，就是我们要养成"知的生活习惯"。

俳句和川柳乃头脑体操

初遇俳句

在我出生的那片三河湾沿岸的贫瘠土地上，文化风气相当淡薄，甚至连"文化"这个词本身也没几个人知道。对那些只知勤恳老实过活的人来说，除却钱与物，再无其他值得关心之事。他们生活中仅有的一点高级娱乐，不过是偶尔起兴去听一听浪曲[1]罢了。再高级一些的，如活动写真[2]，便已然超出他们的欣赏范围了。

1 又名浪花曲，是一种由三味线伴奏的民间说唱，内容以通俗故事为主，类似于中国的弹词。

2 字面意思为『动态的照片』，是日语中『电影』的旧称。

当地只有地主、医生和学校老师这样的人家才会订阅报纸。收音机虽早在十年前就被发明出来了，但在当地仍然难觅影踪。我家住在镇子边上的一个偏僻角落，周遭不过百余户人家，第一次装上收音机时，在邻里之间着实引起了不小的骚动。我家三百米外有一座碾米厂，装收音机时，似乎就是从那里引线接电的。这样一来，我家无论白天晚上就都有电力供应了。后来我们那附近改为只有晚上供电，于是每到傍晚天色昏暗时，各家各户就会统一亮起灯来，到早上又会统一熄灭。如今，我们已经不需要别人来帮忙关灯开灯了，却总是莫名觉得寂寞。还记得当年我家为了装收音机，新增了三根电线杆，才从碾米厂将电线接引过来——我那时还小，对于花费不甚了然，不过肯定是需要不少银两的。

我家收音机响起来的那天，引得附近男女老少都聚集过来，好多人都是生平第一次听到从电波里传来的声音。

如此贫瘠封闭的地方自然也不会有小说杂志一类的闲书。能称得上书的，可能只有学校的课本。我虽偶尔见过《少年俱乐部》之类的杂志，但这些在当地是买不到的。想来当地也没什么人会去看杂志。

这样一番描述下来，我方惊觉自己的故乡竟然如此贫瘠落后，简直如同今天的非洲农村。回想起来恍如隔世。

中学时，我到离家很远的一个大镇子上求学。与家乡相比，那里的文化氛围也没有好多少。我每天从课本里看到的，与我所处的现实生活仿佛是两个完全不同的世界。

我在这所乡镇中学上学期间，有次有幸听了荻原井泉水[1]的演讲。他是一位有名的俳句诗人，但我们这帮乡下少年对他的大名却闻所未闻。

"各位的校长曾吟咏过一首有名的俳句——'白云流转光影动，猫柳[2]绒绒春意浓'……"

荻原先生的演讲让人大感意外，因为校长从来不招我们这些学生喜欢，他总给人一种格调不高的感觉，似乎怎么也跟吟咏俳句的风雅之事联系不起来。不过自此之后，我对校长的印象却与之前不同了，他的自号"池原鱼眼洞"也颇富文人情调。荻原先生

---

1 荻原井泉水（1884—1976）：俳句诗人，俳句诗刊《层云》创刊人，著有俳句诗集《源泉》《长流》、俳句理论著作《俳句提唱》。

2 又名棉花柳、银芽柳等，春季萌发的新叶上带有绒毛，俳句中常以其作为阳春三月的季语。

固然是新倾向俳句运动[1]无可争议的旗手，但"鱼眠洞"也是其中十哲之一。（不过那之后又过了两年，我得知"鱼眠洞"原来是室生犀星[2]的俳号。我当年对"鱼眠洞"这一诗人的身份的联想可能只是一个美丽的误会，不过这已无从考证。）

数年后，我进入东京高等师范学校求学。时值战争爆发前夜，进入英文专业学习的学生良莠不齐，动机各异。班上有很多复读生只是为了逃避兵役，才慌不择路地选择了并不心仪的英文专业。因此整个班级的氛围也有些死气沉沉。

有一天课间，我从一名同学的课桌边经过时，听到他在小声咕哝着："螃蟹吐泡般 / 无声地自言自语 / 焦急等待着 / 你会如何回应 / 我的相思。"原来是在创作俳句呐，这样想着，我不由得感觉与他亲近许多。他的故乡在伊势市，很久之后我才知道，他在中学时曾跟随当时尚未成名的长谷川素逝[3]

---

1 由河东碧梧桐（1873—1937）等人于二十世纪初发起，提倡脱离俳句既定的季题常规，转向生活化的、强调个人主义的俳句，即后来的自由律俳句。代表人物有荻原井泉水、大须贺乙字等。

2 室生犀星（1889—1962），日本诗人、小说家，别号"鱼眠洞"。著有《抒情小曲集》《爱的诗集》等。

3 长谷川素逝（1907—1946），日本俳句诗人，代表作有俳句集《炮车》。

学习国文。

在他的推荐下，我先是买了虚子[1]的《岁时记》[2]，随后又购买了长谷川素逝的俳句集《三十三岁》。直到如今，《岁时记》仍在我的书架上，伸手就能取下。

加藤秋邨是我在高等师范学校时的前辈，会定期在宿舍组织俳句诗会。有一次同年级一个爱好创作俳句的友人跟我提到了诗会的事情，鼓励我也去参加，但那时的我太过怯懦，只是四处打听了一下，却并未付诸行动。据说在会上，秋邨前辈曾对友人的一句"幽幽古宿舍，木旧漆斑驳，门前波斯菊，摇曳日影中"大加称赞，这让我羡慕不已。

从高等师范学校毕业后，我考入东京文理科大学，又被征召入伍，仓皇间再无吟诗作对的雅兴。后来战争结束，我虽得以回到大学，但又一直埋头苦学英语，每天至少有十个小时是在阅读英文书籍，俳句已完全被我抛诸脑后。在这段时间里，我的一名至交好友感染重度结核病，不得不归乡休养。他来找我道别时，我曾作了一首俳句为他

1 高滨虚子（1874—1959）：日本俳句诗人、小说家，师从正冈子规，提倡俳句传统派的代表人物。除俳句集和小说外，另编著有多部俳句季语类工具书。

2 对俳句中的季语进行分类整理并配上相应名句的工具书。

送行:"落花沾我衣,尽是离别意。"这首俳句我直到现在都记得——这也是我在那段时间里创作的唯一一首俳句。

虽然我只在军队服役了五个月,战争一结束就复员回家了,但我总觉得脑子已经不可避免地被摧残了。以前倒背如流的英语,此时看来竟如天书。我心想这样下去可不行,便开始疯狂地大量阅读英文书籍,几乎把日语忘得一干二净。

"第二艺术论"与俳句的诗学

昭和二十一年(1946年),桑原武夫发表了《第二艺术:关于现代俳句》,在俳句界引发了震动。这篇探讨俳句现代性的论文主要是借鉴了英国文艺批评家I. A.理查兹的理论,但当时知道这一点的人可能很少,大家都认为桑原的论述有其独到之处。而我由于在学生时代以及战争期间熟读过理查兹的理论,所以一眼就看出了桑原的观点来源。

这篇论文让俳句诗人们一时陷入了狼狈不堪的境地,只有高滨虚子先生还保持着风度,据传他曾说:"即使是第二,终究也还是被归为艺术了,这样也不坏嘛。"

我感到有必要为俳句辩护一番,不能坐视他们这样用外国的文学批评方法来评价我们的俳句,爱国热情在我心中澎湃着。我想,可能与吟咏俳句相比,我还是更乐于去思考俳句理论,阐明俳句的独特性。

于是我写了一篇简短的随笔并将之发表,山本健吉先生看到后鼓励我继续深入挖掘。那时,山本先生"俳句就是寒暄"的相关论述让我抚掌击节,所以能得到他的认可和鼓励,我感到十分开心。

之后不久,俳句界又风云突变——此前对俳句漠不关心的女性也开始写俳句了。有人曾将之解读为女性对正在不断更迭的季节感的需求,但究竟是何种原因令女性对俳句的态度为之一变,至今仍无定论。不过,女性俳句作者的增加却是显而易见的,很多俳句社团也由于成员激增,不得不改为申请制。

我对女性俳句诗人数量的增多难言欣慰。我隐隐有种感觉,女性参与创作正在逐渐改变俳句的面貌,使之渐渐远离了原本的样子。此前,我一直将

俳句视作以名词为中心的诗歌，但在女性创作的俳
句中，动词却发挥着重要的作用，导致俳句的语义
性渐渐弱化，越来越偏重于情节。也就是说，故事
性的插曲式的俳句越来越多，而作为诗歌的俳句却
衰微下去了。只不过我的担忧毫无意义，因为俳句
将会走向何方，并不以个人意志为转移。

　　俳句是田园和农村的诗歌。生活在都市里的人
对于俳句中的季语大都没有真实体验。我想，对于
生活在都市的人来说，俳句带来的反而更多的是一
种违和之感吧。

　　更富智慧
——── | **的川柳**　　　正当我逐渐远离俳句时，又机缘
　　　　　　　　凑巧与今川乱鱼先生成了好友。
后来我才知道，今川先生当时似乎正担任着全日本
川柳协会的会长。今川先生向我发出会面的邀请，
我便欣然前往。

　　这次会面，大家只是天南海北地聊了些不着边
际的内容。席间除了今川先生曾身患多种癌症却成
功痊愈的轶事令我印象深刻以外，再未提到特别重

要的事情，未及切入正题会面便结束了。过了一段时间，今川先生给我寄来旅途中购买的特产，并说希望再次会面。这样的情形重复了好几次之后，今川先生才在某次会面时小心翼翼地向我道明真实想法——他希望初中、高中的国文教材中能够引入川柳的内容；不管什么版本的国文教科书，都少不了短歌和俳句，但川柳却总是难见踪影，所以无论如何都希望能让川柳进入教科书。今川先生的话语里，有一种难以言喻的力量。

　　我一直认为，比之俳句，川柳更富智慧；在机智程度上，俳句难以望其项背——我用自己一直以来的观点作为开场白，开始滔滔不绝地向他阐述自己的看法，说得兴起，竟指摘起加贺千代女的名句来。

　　醒也空空，睡也空空，蚊帐宽广，寂寞无边。

　　这根本说不通嘛，简直就是生凑出来的矫情之辞——若不是其中还稍具那么点才情况味，几乎就要令人生厌了。把这样的俳句当作名句流传千古，可谓是俳句的无能。

说起这首俳句，与之相应的有一首川柳：

千代小姐，蚊帐那么大，我能进来吗？

极富幽默与机智。再加上作者连名字都没留下，就更加令人钦佩了。——给每个作品署名，那是近代才有的风习。我就这么一通胡扯，而今川先生看起来心思仍在教科书上。

外国人
看川柳

使我意识到川柳是一种优秀的文学形式的，并非日本人。

战争刚结束时，我还是一名英文专业的学生，跟随布莱斯[1]老师学习。有天上课，刚一进教室，布莱斯老师便指着一幅画，问学生知不知道那是谁的作品。教室里当时有大概三十名学生，却没有一个人能回答上来。布莱斯老师便滔滔不绝地讲起写乐[2]的轶事来，同时批评学生

1 雷金纳德·霍勒斯·布莱斯（Reginald Horace Blyth，1898—1964）"英国作家、禅学和俳句研究领域的知名学者。

2 东洲斋写乐，江户时代后期浮世绘画师，生卒年不详。其作品集中发表于1794年5月至翌年正月间的短短一个时期，之后他便神秘消失，其真实身份亦不可考。

们学习不够努力。被一个英国人指责不了解日本文化，我们都有些无言以对，不禁惭愧不已。（布莱斯老师曾是明仁天皇皇太子时代的英语老师，后来被美国人维宁夫人[1]取代，这件事当时在我们中间被传为趣闻。）

还是这位布莱斯老师，有一天在上课时谈到了川柳。我们听得兴味盎然，虽然早就知道他在川柳的研究上有很深的造诣，但从没想到他竟同时也是一名川柳创作爱好者。

布莱斯老师同我们讲到，俳句在国外十分受关注，但是川柳却几乎无人问津。作为一种比俳句更富智慧的文学形式，川柳本应比俳句更加国际化，但现实情况却恰好相反，令人难以理解。他的这段话给我留下了深刻的印象，此后一直萦绕在我的脑海里，挥之不去。

我把这段早年的趣事讲给今川先生听，然后告诉他，教科书编委会那些人是一帮老顽固，苦求他们将川柳纳入教材无异于痴人说梦。与其如此，倒不如努力推进川柳的国际化。如果川柳能在

1 伊丽莎白·格雷·维宁（Elizabeth Gray Vining，1902—1999），美国作家，代表作品有《大路上的亚当》。

美国流传开来，日本这边自然就会赶忙予以重视的。我虽能力有限，无法帮助今川先生实现夙愿，但这个建议我自认为还是相对现实且有效的。

今川先生的回答也令我大感意外，他居然早就准备好了川柳的英文译稿，并且计划将其在美国出版。而且今川先生在此事上的态度也极为严肃，在后来寄给我的明信片中，他说回家之后便要立刻着手推进。谁料世事无常，这次会面仅三个月之后，今川先生便带着遗憾撒手人寰了。

在川柳方面，我可谓是彻头彻尾的门外汉。柳多留[1]一类的古川柳我还多少读过一些，但同时也深知如果不认真深入研究的话，说到底也不过是隔靴搔痒，难有什么真知灼见。我总想着什么时候腾出手来，一定要好好研究一番，但时光催人老，未来得及付诸行动便再也没有机会了。

[1] 成书于江户时代中后期的早期川柳句集《诽风柳多留》的略称，代指「川柳」这一名称尚未确定时的早期川柳。

谚语和川柳

不过在熟悉川柳的过程中，我意外发现了谚语的乐趣。我曾经认真思考过川柳为何会演变成谚语，而俳句却没能演变成谚语。得出的结论是，川柳要远比俳句更脍炙人口。

早些年曾有高中的国文老师让学生创作谚语。这是何等的胡闹！听到这一消息时我简直目瞪口呆。若论俳句，连小学生都能偶有值得嘉许之句。但创作谚语完全是另外一回事，它要求的是一种凝练的智慧，连大学生都作不来，何况高中生。毕竟这是一个大学生们可以把"船长多了船上山"[1]这样的谚语，理解为"人多了就能把船抬上山"的时代。让高中生自己创作谚语，怎么可能嘛。

"船长多了船上山"这样的川柳被称作古川柳。明治之后的川柳一改旧时面貌，越来越注重平白通俗，其中的机智趣味却越来越少了。

用幽默的方式针砭时弊的时事川柳、植根于日常生活的上班族川柳等现代川柳，确实在创作乐趣上要远逊于俳句，其原

[1] 本意为发号施令的人多了，事情就会失去方向，甚至向荒谬的方向发展。

因可能在于俳句从旧时的俳谐那里继承了诸多传统。那么，我们能否同样从古川柳上汲取智慧，让现代川柳焕发新机呢？

短歌、俳句因为有正冈子规这样的天才存在而得以成功转型。可川柳则由于未能遇见与正冈子规旗鼓相当的巨人而远远落后于时代。这是川柳的不幸。

今川先生曾经感叹，日本文艺家协会中俳句诗人比比皆是，却无一名"柳人"（今川先生的用词）。他费了好大的劲去申请、协调，才总算有几名川柳作家得以被吸收入会。今川先生不无苦涩地提到，在这一过程中他还受到不少俳句诗人的反对。居然会有这样的事！我想，如果今川先生之言属实的话，那真是既荒唐又可悲。

俳句是在农耕时代发展繁荣起来的，以自然为友，向花鸟风月诉说情思，所以俳句排斥描写人的形象，甚至视其为卑俗之举，这也算是俳句的一种天然的倾向，令人无可奈何。许多近代俳人曾尝试将人间俗事引入俳句，但无一例外都以失败告终。而俳人转向小说创作时也往往难见佳作。

川柳则是都市的诗歌，诞生于江户。江户时代中叶，江户人口已达数十万，与那些世界性的大都市，如巴黎、伦敦相比亦毫不逊色。文化素养深厚的武家、世情练达的町人们常常通过幽默、讽刺等手法，以洗练的文风描绘出人间世事的面貌，川柳因此得以诞生和发展。

川柳虽然出现的年代较晚，但想必不会是一种天生落后的诗歌形式。而且既然俳句能够在海外流传，那么作为一种更注重智慧的文学形式，川柳也没有流传不开的道理。

即便川柳不受外国人欢迎，也并非多么大不了的事情。我一直觉得川柳是最能展现日本人智慧的一种文学形式。既然艰深晦涩的禅学已然令一部分外国人痴迷，那么机智幽默的川柳肯定也能让他们甘之如饴。

作为老年人的头脑体操，川柳能带来的效果极好。

作为老年人自娱自乐的文艺形式，川柳也是再合适不过的了。

写散文

半途而废的
——｜ 文学青年　　　美国的知识阶层曾经流传着这
样一句话：

"如果想做诗人却做不成，那就去当一名批评家，如果连批评家都做不了，就只好去大学当老师了。"

这句话的重点未必是意在褒扬诗人而贬低大学老师，恐怕更多的是在嘲笑那些既当不成批评家，也做不了大学老师的文学青年。

我国的文学青年，不知是天生如此，还是囿于眼界和气量，总倾向于写些连自己都养活不了的诗。

考虑到这一点，他们自然就倾向于找一个衣食无忧的工作。杂志编辑虽然是一个理想的工作，但是机会有限，往往求而不得。这样一来，最理想的自然就是大学里的工作，尤其是在各种各样的大学雨后春笋般冒出来的今天，只要能在一个好的大学攻下一个高等学位，就不愁在那里找不到饭碗，于是大学也就成了文学青年的栖身之所。不过，大学老师或多或少还是要继续"学习"的。而文学青年由于看多了剧本、小说和诗歌，自然不擅长啃大部头的学术著作。日日勉力埋头啃书，头脑日渐古板，文学青年的灵性便不知不觉被耗损了。只不过他们嘴上依然会坚持，自诩对诗歌的热情一如从前，并且看不起那些非文学青年。

文学青年往往眼高手低，自己做事时头脑未必灵光，挑人毛病却个个好手，对此我一直失望不已。他们缺乏判断力不说，还丝毫不知反省，实在是让人厌烦。普通企业如果发现有这样的人混了进来，往往会小心翼翼将其排挤出去，而在学校则不用担心失败的风险，所以文学青年在大学里如鱼得水，相当惬意。

但如果大学教师只顾悠哉度日，长此以往才思就会渐渐枯竭。比如，讲课的时候，不过是读几段课文，再穿插些评论罢了，这样几十年书教下来，教师难免沦为槁木死灰。

这些"堕落的"文学青年当老师后，往往仿佛商量好了一般，打从心眼里觉得文学就是要比语言学高级，不懂文学的人自然要劣一等，也自然只有劣等人才会去研究语言学。

我自己也曾接受过这样的文学教育，也曾认为只有那些不懂文学的人，才会去搞语言学研究。在我学生时代时，英语语言学家大冢高信博士曾经这样对我说："年轻的时候觉得文学有趣，但上了年纪之后，反而觉得还是语言学更有意思。"他的话让我深受触动，从那之后，我逐渐不再满足于做一名文学青年。我觉得文学难说是一门学问，语言学才称得上是学问——我这个文学青年仿佛中途退学了。

还有一点，当文学青年被问到诗歌和小说哪一种文学形式更加优秀时，他们会不假思索地说诗歌比小说更富艺术价值，这是因为他们盲目地相信文学史。

同样地，如果你问他们，诗歌等韵文和散文相比，哪一种更加优秀，他们肯定会回答是韵文。这同样是由于他们被"韵文是最先发展起来的文学形式"这一历史知识给带偏了，究其本质，不过是他们盲目地以为古老的东西就是好的罢了。其实，韵文和散文哪个更优秀这种争论本身就极其荒谬，就跟争论橡果和米储果哪个更好一样毫无意义——相比之下，很多时候第二种争论反而更有意义一些呢。

文学青年们毫无来由地轻视散文，却又为自己拼凑出的杂文或者散文诗而沾沾自喜，殊不知这些杂文或散文诗还真未必优于散文，只不过他们并没有思考或深究这一点罢了。

从诗歌
转向散文 | ——

大体上任何一个国家的文学史都是从诗歌开始的。如果将文献也作为文史类的图书纳入广义的文学作品中的话，"韵文先行"这一结论也就愈发明晰起来。仅从文艺学的角度来说，诗歌的发展及完善确实要早于散文和物语——尤其是早于散文，散文的诞生时间更是晚得多。

时至今日，莎士比亚依然被奉为英国最伟大的诗人和剧作家。就韵文来说，莎士比亚确实是天纵之奇才，但说到散文，我们只能在其很少的一部分作品中寻得踪迹，遑论独立的散文作品。其韵文写作确实登峰造极，但在散文写作上，老实说，远没有这般行云流水。其早期的剧作几乎完全没有散文式的台词，不过之后逐渐增多，散文式创作手法的运用也逐渐娴熟起来。

莎士比亚生活的年代，大体与日本的德川家康时代相当。在这一时期的英国，散文仍然有待发展。

与之相比，日本作家则从平安时代开始便已写就相当精彩的散文，并且成为经典流传千年，可以说是世界文学史上的另类，相当与众不同。为什么散文能在日本得到发展，并且是经由女性达到了如此完善的程度呢？这实在是一个耐人寻味的问题。而在同时期的英国，散文则似乎无足轻重，几乎毫无发展。

直到十七世纪时，英国才真正出现了有据可考的散文。当时皇家学会刚刚成立，作为其创始人之一的托马斯·斯普拉特要求会员写文章要"体式规整、不施藻饰、明白晓畅、简洁自然"。也就是说，要摒弃过度文学化的、诗歌化的、装饰性的写作，转而书写知识性的散文。这一要求大大提高了学会的学术表现力。此时，莎士比亚已经逝去逾半个世纪了。

不过，若说英文就此摆脱了过度文学化的表达，彻底获得了自由，尚且言之过早。即使是到了二十世纪中叶，批评家们依然在不遗余力地呼吁摒弃"歌唱式的""尖叫式的"文章，转而书写平白且朴实的散文。可见散文的独立并没有想象中那么容易。

早在平安时代就已出现散文的日本，可谓是散文的"先发国家"。但日本的散文其实与诗文非常相近。

那些体式规整、美词佳句点缀其间的文章，往往被奉为名作，虽然论形式它们确实是散文，但究其实质，却依然是过度文学化的表达。所谓名篇佳作，当然多少免不了带些华丽辞藻——千百年来这几乎已经成为共识了。

战后，美国的《读者文摘》杂志在日本刊发时，美国方面曾就译文的文体向日本的译者作出了详细的规定——其主旨与前文提到的英国皇家学会的要求不无类似。时至今日，日文文章的确变得更加简明自由了，这一点无可否认，但距离充分的散文化仍然路途遥远。

散文性
即知性

在日语散文文体的确立上，木下是雄的《理科系作文技术》功不可没。文科人士的《文章读本》算不上真正散文化的作品，而阐明了散文应有之面貌的，就是这本由物理学者写就的《理科系作文技术》。

对于文学青年及其周围受过文科教育的人而言，用日文写散文绝非轻而易举之事。在自然学科出身的学者中，最早用日文创作散文的当数寺田寅彦[1]。他的诸多随笔证明了散文竟然可以如此优美。他同时还以亲身实践证明了对于散文写作者来说，随笔这种形式简直再

[1] 寺田寅彦（1878—1935），日本物理学者、作家、画家。师从夏目漱石，漱石名著《三四郎》的主人公便是以他为原型。

合适不过。由此，科学家们效仿他写就的各式随笔文章也很快传播开来。

日本人一直将并非以创作为目的的散文称作随笔。寺田寅彦的文章在战前也被称作随笔。但在战后，人们开始注意到知识性散文的独特性，"essay"这种叫法也随之传播开来。相比之下，随笔仍带有一定程度的文学性，而"essay"则完全是知识性的。正因散文写作难度极大，"essay"才能诞生并得以迅猛发展。

人人都知道唱歌很难，但其实与说话相比，唱歌还是要容易得多。一个歌手训练几年便可登台演出，但一个落语[1]演员要想独当一面，其难度数倍于此。素语[2]和演讲的难度又远甚于落语，即便你我耗尽一生之力，也未必能学有所成。

况且，相比于听人唱歌，人们对听人演讲往往兴趣寥寥。同样的道理，即便受过高等教育的人，一般亦会认为诗歌要远比散文有趣，其表达也更加凝练。在这样的氛围里，散文自然难以得到发展。创作者即

[1] 一种日本传统表演艺术，由落语家坐在舞台上描绘滑稽故事，对服饰、音乐等皆有讲究。

[2] 日本的传统曲艺形式之一，与中国的传统单口相声相似。

便采用散文的体裁，也往往更加倾向于使用诗歌化的、情绪化的表达，认为这样才更加优美。可以想见，这一现象在各个国家都是存在的，任何国家都不能免俗，只是在日本格外明显罢了。

要培养散文思维，首先要有主动远离诗歌的觉悟。自然学科的学者往往能写出更好的散文，这可能与他们较少受到文学的干扰有关。那些短歌、俳句类杂志上刊登的散文往往味同嚼蜡，可能也是因为过于文学化。如果一个人先入为主地认为散文是一种无聊乏味的体裁，自然也就写不出简明达意的文章。一个普通人，又不是歌人、俳人，却不切实际地憧憬文学化的文章，在我看来，这完全是出于无知。

在探讨问题时，相比于文学化、情绪化的语言，散文式的语言明显要更加适用，但即便如此，要抛弃文学化的语言依然需要很大勇气，首鼠两端难以自决也算人之常情吧。

说起来已经是半个世纪之前的事情了，物理学家莱格特[1]在将

1 安东尼·詹姆斯·莱格特（Anthony James Leggett，1938—）英国物理学家，二十世纪六七十年代先后在日本京都大学、东京大学任教，2003年获诺贝尔物理学奖。

日本物理学家的学术论文翻译为英文时，曾专门就论文中随处可见的"可能……"这种表达发表意见，认为这几乎无法翻译。他将这一观点写成文章，发表在学会杂志上，当时在学者中间引起了轰动。"可能……"这种模糊的修辞，与散文式的表达完全不沾边。

读到这里，可能很多日本人对于散文的自信已经大受打击，对于散文之难也逐渐明了。散文是一种更加理性、更富智慧的体裁，能意识到这一点，也是一种极富思辨能力的体现。

多写信

写感

—— | 谢信　　昨天我在家等了一天，邮递员最终也
　　　　　　　没有来。

　　我从早上开始，便频频查看信箱。昨天是星期
一，前天是星期日——休息日邮递员是不会派件的，
如果今天也没有收到任何邮件的话，那就是连续两
天的邮件空白了，我顿时觉得整个世界都昏暗起来。

　　平时我在家的时候，一到邮件送达的时间，就
会坐立不安起来，写文章也会频频走神，玄关处有
任何响动传来，都会下意识地以为是邮件到了，立

时停下笔飞奔出去。有时会恰巧和邮递员撞个照面，我便寒暄一句"多谢"，邮递员也会回敬我一个开心的笑脸，但更多的时候不过是错觉罢了。

据说，从前英国小孩被问到将来最想做什么工作时，往往会回答："postman（邮递员）!"这个故事让我颇感亲切。或许这是我在等待邮件到来的过程中培养出来的情愫吧。英国真可谓世界上对邮政最钟情的国家。

仍然是发生在英国的故事。一个已经成家立业并独立生活的独子，不时去拜访双亲，与他们一同用过晚餐之后再回自己家。回到家的独子会在当天晚上睡觉前，给父母写一封感谢信，"今晚承蒙款待，过段时间再去拜访……"云云。老两口也毫不马虎，各自认真地给儿子回信："请务必常来，我们非常开心……一定要常来看我们。"

看了这个故事，一位美国女士曾向《纽约时报》写信，表示她"非常羡慕"这种方式。我在读到这个故事之后，心头也不由泛起一种美好的感觉。

日本曾经也是个崇尚动笔的国家，日常生活中人们经常写信。但电话普及之后，大家便逐渐懒于书写了，收到礼物也不会写封信回复感谢之言。很多人居然意识不到，仅仅打电话表示感谢是一件多么失礼的事。连个感谢信都不知道回复的人，自然也就不懂送上礼物时应该附信说明，经常是在百货店买个东西叫店员送去了事。在过去，没人会收下未附任何说明的礼物，这曾经是一个常识——万一是来路不明的危险物品怎么办？

毕竟，来路不明的包裹引发的案件如今屡见不鲜，认认真真附上书信，那么至少被卷入汇款诈骗等等的风险会降低很多。

我自从眼睛不中用了，无法继续写作之后，每日便只能单方面地等待邮件了，只有非写不可的时候，才会写一两封信或者明信片。曾经我可是一个写信能手啊——我自己都没意识到，光明信片我一年就要写大概八百张。本地邮局的工作人员曾为我写明信片的热情深感叹服，有一天局长居然亲自出面做东款待我。似乎是因为二百张一包的明信片，我经常一买就是好几包，引起了他的注意。

写明
信片 |

我曾经只写明信片。

明信片不是书信，也不是任何可以称为信件的东西，这一点不言自明。但是要写一封信，信封、信纸、邮票自然是缺一不可，繁忙时实在是无暇一一准备，而写明信片的话就能省下至少一半工夫。不过如果是寄给上级或者长辈，那还是写信为好。感谢函或者明信片用于关系亲近之人并无不妥，但在其他场合，不可不留心是否符合礼节。我就颇不乐意接年轻人打过来的感谢电话，稍微提醒几句，学生之间便传开了——"那位老师不喜欢学生打电话，会生气。"不过这样也好，至少再没有哪个冒失鬼在大晚上打电话过来了，也算一桩幸事。

电话的方便，其实只是对打电话的人而言，对于接电话的人来说，更多的是一种打扰。文章正写得起劲的时候，电话突然响了起来，铃声震耳欲聋。无奈放下笔，拿起听筒，却是无聊的推销电话——"您好我们是 XX 寺，您有兴趣购买墓地吗？"对于我这种随时可能入土的老人来说，这种败兴话简直讨厌至极。不过我也只能咣当一声重重挂上电话，努力给自己消气。有时我会在深夜接到喝得烂醉如泥的醉鬼错打过来的电话，令人哭笑不得——不知操着哪里的方言，大着舌头："XX 小姐，你在吗？"对于这种电话我会告诉他："你好，这里是火葬场。"想想对方酒都被吓醒了的样子我就觉得有趣。这一招不是我的发明，是我从内田百闲的随笔中借鉴过来的。

年轻人之间如果每天电话不断，往往也会吵架不断，这一点颇值得玩味。可能说话的机会多了，某些微不足道的无心之言也就更容易演变成相互间的指责和伤害吧。亲近的人很难在信里吵起来，电话倒是交流方便，但同时吵架也更方便了。

正如前文提到的那样，明信片与书信不同，不属于信件，所以写的人得有不怕被人看到的心理准备。书信中可以写些秘密之言，但明信片是绝不可能保守秘密的。虽说如此，但如今人们还是越来越多地把明信片也算作书信，实在难言妥当。邮局对明信片和书信也未作区分，想想便令人感觉不安。不过也没有哪一个词可以将两者都包含在内，除统称邮件之外似乎也别无他法。邮局将每个月的 23 日定为"书日"，似乎把电子邮件都包含在内了，但"书"这种叫法实在是太过陈旧。"mail"（邮件）这个词颇受年轻人欢迎，内涵也不断扩大，渐渐地，除书信和明信片以外的通信都可以称为"mail"了。希望有一天，能有一个可以涵盖书信和明信片的新词出现，但在那之前，我们只好统一称其为邮件了。

四十年前，正是大学纷争如火如荼、　笔友　｜社会动乱不堪的年代。

有天我在后院生了堆火，准备把打扫出来的废纸烧掉（这在那个年代还不算违法行为）。其间我有点儿事要办，便想从与邻居家之间的一处狭小空地绕到前门去。经过那片空地时，我发现树枝上竟挂着一个瘪掉的氢气球，顺手取下来一看，气球上还挂着一张小小的纸片。从其内容判断，这纸片可能来自一年级二班一名叫作杉田弘子的小朋友，上面用一丝不苟的笔迹写着："想成为一名优秀的教师。"一时间我有些神思恍惚：一个小学生将未来的期望

用气球放飞，而这气球竟恰恰飞到了一名正厌弃自
己职业的年轻老师手里，真是不可思议的巧合。这
气球应该是附近某个小学的学生在校庆时放飞的，
上面还带着学校的标志。

我立刻回复了一张明信片。

"你的气球飞到了我家院子里。请一定努力成为
一名优秀的教师哦。"

我在明信片上附上了自己的姓名和住址，想着
说不定能收到回复呢，但转念一想，对于一个一年
级的小学生来说，回信还是太过勉强了，于是我也
就渐渐放下了这件事，之后也确实没有收到回信。

后来到了新年，我在整理收到的新年贺卡时，
发现其中一张笔迹十分稚拙，仔细一看，竟然是杉
田弘子小朋友寄来的。

"谢谢您寄来明信片，我会努力学习，成为一名
优秀的老师！"

自此之后，每年盛夏时分，我都会收到她寄来
的问候信，新年贺卡也是年年不落，除此之外并没
有其他亲笔信，仿佛这也成了一种习惯。每次我也
会认真回复，直到现在都还与她保持着通信。在今

年的新年贺卡中，她写道："如今我的孩子也和'气球少女'时的我一样大了。"

我和这位朋友从未见过面，但我觉得就这样一直做笔友就很好。这位笔友为我平凡无奇的人生添上了一朵可爱的花。

八王子市的大贯伊都先生三十年来，每读到我的文章，便会寄明信片过来。大贯先生似乎祖籍米泽，是我在《米泽新闻》写专栏时成了我的读者。《米泽新闻》只是一个地方小报，我本也没期待自己的文章能引起什么反响，大贯先生是罕有的看过文章之后还专门写信给我阐述看法的人。我至今仍能笔耕不辍，大贯先生的鼓励和期待功不可没。每次我收到信，扫一眼笔迹就能看出是大贯先生寄来的。正是因为有大贯先生这样与我长年通信往来的朋友，我才每天那样急不可耐地期待邮递员送信过来。

如今除非有至关重要的事情，人们已经很少写信了，但有时还是会有老朋友给我写一封长长的信过来。

"并无要紧之事，可还是忍不住寄信叨扰。最近身子可还康健？我近来听力日衰，连电视声都听不清了，恐被年轻人嫌弃，决定去医院装个助听器。本来这也算是一桩好事，可这家医院诊费要事先收取不说，连器械都是以上门的方式强行推销，最后我被迫花二十七万日元买了一个外国产的助听器，可用了没一周便坏了，只好拿回医院修理。我抱怨外国造的东西不经用，医生却说，日本的厂商因为觉得这东西不赚钱，已经停止生产了。虽然医生说修好了，可用了没多久又坏掉了，真是气死人。我再也不想去医院了。不过通过这件事，我产生了一个想法：能不能把日本退休的老工人们召集起来创业，来打造一款优秀的助听器呢？如果我再年轻一点的话，说不定真就撸起袖子去干一番事业了。每日靠着退休金过活，还要不时受年轻人的嫌弃，想想就觉得窝囊。要是真能在'银发产业'里干出一番名堂就好了，让全世界刮目相看才有趣。您意下如何……"

他的话半是认真，半是玩笑。看他对医院怨气满满的样子，满心牢骚无从发泄，我一开始还有些担心，但通篇读下来，发现老友其实依然康健如昔，不知不觉心情也变得愉快起来。

222

发布
想法 ┃ ————

从前，人们写信时经常会提到自己的一些尚未成熟的想法。石川啄木[1]对长文书信的喜好几乎众所周知。在给友人的书信中，他曾滔滔不绝地阐述自己创立杂志的想法，并且考虑得十分周全，其书信几成激情洋溢的名篇。纸张费用几何、印刷花费多少、售价多少、卖掉多少本就能回本盈利等等，读之令人神往。石川啄木有不少书信甚至比他的诗歌更加有趣，而且先生凡执笔则文气充溢，每页四百字的稿纸，往往连写数十页亦是不在话下。

前文说过，英国是书信往来十分活跃的国度，自然不乏优秀的"letter writer"（写信者），比如剧作家萧伯纳便是其中的佼佼者。论书信数量之丰，他即便是在那些写信能手中也依然能傲视群雄。据说，他六十年间所写的书信竟达两万封之多，平均每年三百多封——几乎是每天一封，令人叹服不已。

不过萧伯纳的伟大之处并不在于其书信数量，而是在于他书信中那些远超普通

[1] 石川啄木（1886—1912）、日本诗人、评论家，代表作有诗歌集《悲哀的玩具》《笛子与口哨》等。

人境界的思想。比如，他在一封信的开头这样写道：

"今天十分疲惫，体力不支之下，写信难免长篇大论，请多多包涵。"

乍读之下，人们会怀疑他是不是笔误写反了。常理难道不是正因体力不支，才不能长篇大论，需要尽量长话短说吗？但实际上，只有真正擅写书信之人，才能写出言简意赅的书信——长篇大论反而更加省力。

某年新年将近时，夏目漱石在寄给自己的爱徒寺田寅彦的明信片中这样写道：

"1 月 2 日，上次那帮人要过来聚会，你如有心情帮忙就中午过来，如只想吃个饭的话就晚上再过来。"（根据记忆写个大概，可能有所出入。）对于当时正遭遇亲属离世、处于悲痛之中的寺田寅彦来说，这张明信片简直是莫大的安慰。夏目漱石不愧是优秀的"letter writer"。我认为从其与友人往来的书信中，要比从其小说中更易窥见其思想。

近年来经常在日本引起关注的"serendipity"[1]一词，最早便诞生于书信中。

[1] 即意外发现新事物的能力，一般用于科学领域。由英国作家霍勒斯·沃波尔（Horace Walpole, 1717—1797）所创。

　　"serendipity"一词公认的创造者是十八世纪的英国贵族霍勒斯·沃波尔。他是在给友人的书信而非专业的论文中创造了这一词汇，继而传播到全世界的——从这个角度来看，书信也不失为一种公开发表新想法的途径。

坚持用钢笔

日文
——| 与笔   战后不久我便听说了百利金钢笔的大名，

不过在那个年代，外国钢笔是无法轻易

买到的。有一天，住在我家附近、和我相熟的 K 家

的大小姐找我请教毕业论文的问题。当时她似乎在

研究一个相当冷门的英国作家。我向她推荐了一些

参考书目。"请帮我在这里写一下吧。"说着，她递

过来笔记本，还有一支我从未见过的钢笔。我大感

意外，一时间只顾盯着手里的钢笔看。

　　我问她这钢笔是从哪里得来的，她说是海关的

人送的。她父亲是大藏省的高官，区区这点门路自然是不在话下。我虽然只用这支钢笔写了寥寥数十字，但那绝佳的触感实在令人印象深刻，当时我便暗下决心也要买一支。过了好久找才总算在丸善买到一支。

那时，据说银座后面的巷子里有美国占领军带来的派克笔在卖，黑市价格高得令人咋舌，不过那时候我对美国产的玩意儿丝毫提不起兴趣。

中学的时候，我一直对百乐的钢笔爱不释手。当时市场上虽然也有其他牌子的钢笔，但国外品牌却踪影全无，所以当我第一次遇到百利金这样的舶来品钢笔时，竟有种发现宝藏的欣喜，只有外出时才舍得用，平时常用的依然是百乐。

百利金钢笔还是适合书写横排文字。当然我这样的感慨可能多少有些奇怪，因为钢笔这东西本就是为了书写横排文字才发明出来的——横排文字的立足点在于其中的纵向线条，而钢笔笔尖正中的缝隙在写纵向笔画时会自然裂开。百利金笔尖的开裂程度简直恰到好处。不过这也意味着，在书写竖排的日文时，不光百利金，其实所有钢笔都难言合适。

竖排文字的主轴是横向的笔画，用专为书写横排文字而设计的钢笔来写本就于理不合，实在是强人所难。

记得有次我曾看到夏目漱石用过的 ONOTO 钢笔的照片，笔尖的右半边磨损严重，满是龟裂的细纹。其实只要是书写日语文字，哪怕用的不是漱石的 ONOTO，笔尖的右半边也是注定要磨损的。然而即便如此，我们却依然对钢笔钟爱有加、毫无怨言，实在是不可思议。哪怕是在如今这个年代，依然很少有人能意识到，钢笔并不适合书写日文。

钢笔的
—— | 乐趣

话虽如此，但我自开始使用百利金后便一发不可收拾，过了几年又买了一支德国制造的万宝龙钢笔。最初可能只是因为我在写作间隙偶然听人说，粗字万宝龙大受欢迎云云，遂动心买了一支。另外，我买钢笔时看到了瑞士产的凯兰帝宝珠笔，觉得买一支这样的笔也不错嘛，便忍不住顺手也买了下来。很多钢笔我即使买了来，也从未用过，但会莫名有一种安心之感。可能我这是得了"钢笔病"也说不定。我的这种癖好感染了身边的年轻人，大家开始纷纷以把玩钢笔为乐。

我在喜欢钢笔的同时，对于圆珠笔也相当着迷。战争结束时，刚刚诞生不久的圆珠笔还不堪大用，经常出现漏墨等情况，不过之后就飞速完善了起来。相比于铅笔，圆珠笔用起来需要更加用力，使用者难免手腕酸痛，但是可以毫无顾忌、力贯笔尖地书写，也是一种相当独特的体验，因此圆珠笔一统天下的时代持续了十余年。与钢笔的笔尖不同，圆珠笔的笔尖为球状，无论横向竖向都可以书写自如，在书写日文时比钢笔要更加让人得心应手。

之后我渐渐发觉还是想用我的百利金，便又重新用回了钢笔。此后我便一门心思用我的百利金，再也没有动摇过。

如今的钢笔大多使用成品墨囊，而德国制造的钢笔依然是采用从墨水瓶里吸入墨水的上墨方式。我在使用粗字万宝龙钢笔时，每逢出门旅行，即便带上两支墨水吸得满满的钢笔也依然无济于事，稍微成体系地写点东西，墨便不够用了。百利金虽然不至于这样，但我也得时时留心墨水是否够用。而且，最近一些小文具店都买不到百利金的专用墨水了，我每每不得不大老远跑一趟购买。虽然麻烦，但也许正因如此，百利金才更让人不忍释手。

曾有人送我一些 4B 铅笔，我试着用它们书写了一下，感到有种难以言喻的顺滑感。只不过，如果不小心蹭到之前写下的笔画，字迹就会糊成一团。我向一位画家朋友诉苦，他说他们画素描时会涂上一层固定剂，向我推荐一种叫定着液之类的东西，但直到最后我也没去尝试，而且直到现在我仍对 4B 铅笔耿耿于怀。

曾在报社工作的 S 君送了我一支 10B 铅笔，说："给你个好玩的东西。"曾经的 4B 铅笔已经让我瞠目结舌了，10B 铅笔我简直闻所未闻。这支铅笔虽一直放在我的书桌上，但登场机会却少得可怜。不过，用它写起字来依然是那种难以形容的顺滑感。

两年前，我收到了出版社的纪念款百利金钢笔。与我之前的百利金相比，这支纪念钢笔似乎是一种全新的型号，书写时手感相当不错。那段时间，我一看到这支钢笔就会不由兴起写文章的念头，几乎不知如何是好。我这"钢笔病"，看来是永无痊愈之日了。

后记

　　我始终记得当磁带录音机开始普及，我生平第一次从录音机中听到自己声音时的震撼。我第一个念头是，那不是我的声音。但询问旁人，则无一例外听到这样的回答：那就是你，简直一模一样。他们的回答又一次使我惊讶万分。

　　有时我出席座谈会也会遇到类似的情况，事后回放会议记录，我会惊讶自己居然会说出那样的话，瞬间羞愧得无地自容，恨不能取消重来一遍。本来引以为得意的真知灼见，瞬间被打回原形，真是令人深受打击。

　　平时我们总是自以为了解自己，这种幻觉在"回放"的时候往往被击得粉碎，甚至会让人坠入自我厌恶的深渊。或许，我们自以为了解自己的想法，这本来就是一种谬误。我们接受了某种程度的教育，多少了解了某些领域的事情，便觉得自己是个人物了。但实际上，通过教育得来的知识，都是些与自我毫不相干、于日常生活也毫无用处的东西，不过是些常识的碎片而已，其作用不过是让我们一股脑儿地把它们塞进脑袋里，然后自感安心罢了。人们很少会去自问自己究竟是怎样一个人，而且即便意识到了这是一种应当引以为戒的无知，但看看身边的人都懵然不自知，也就不免心安理得地随波逐流、得过且过。

　　虽不了解自己，却能主动去思考，这样的人算得上是少数的"另类"。而这个世上的大多数人都是明明对自我一无所知，却自以为了解自己，一生之中从未对自己产生过任何怀疑，就这样"幸福"地走完一生。

　　如果能有机会听一听录音机里自己的声音，看一看摄像机拍下的自己作报告时的形象，你我说不定便能通过这些看似普通的契机，意识到那个平时完全没有察觉到的自我，生活也随之发生改变。一个平时以多知多识而自喜的人，如果能突然意识到对自己竟一无所知，也算是他人生中一个相当重大的发现。这一发现虽然令人难言愉快，却蕴含着开启新知的力量。

　　一个人若能领悟到这一点，则可以被视作站在了"知"的起点，此后的生活也将进入"知的生活"的阶段。以为只要读书就能获得智慧，不过是头脑简单者的"知识信仰"。这样得来的知识保质期有限，人一过中年，它们就变得与垃圾无异，如不及时清理舍弃，还会变成自我进步的阻碍。清理大脑垃圾最为可靠的良方就是忘却，人们若能意识到这一点就更加难能可贵了。年老忘事者不仅不应悲叹，反而可以视之为每天都有崭新的发现。如果能树立起年老不足为惧的信念，人生就能变得更加丰富多彩、趣味无穷。

　　我虽坚信前文所述便是"知的生活"，却从来没有强加于他人的念头，亦从未有过劝人效仿的想法。这本书不过是一个顽固老人将自己的心里话和盘托出罢了。这些肤浅之言如能起到一块来自他山的小石子的作用，于笔者而言，就已是令人喜出望外的了。

京权图字：01-2017-4793

CHITEKI SEIKATSU SHŪKAN by Shigehiko TOYAMA
Copyright © 2015 by Midori TOYAMA
First published in Japan in 2015 by CHIKUMASHOBO LTD.
Simplified Chinese translation rights arranged with CHIKUMASHOBO LTD.
through Japan Foreign-Rights Centre/Bardon-Chinese Media Agency

图书在版编目（CIP）数据

知性生活术：从容面对人生后半场 ／（日）外山滋比古著；李佳星
译. —— 北京：外语教学与研究出版社，2021.8
ISBN 978-7-5213-2773-1

Ⅰ. ①知… Ⅱ. ①外… ②李… Ⅲ. ①散文集–日本–现代
Ⅳ. ①I313.65

中国版本图书馆 CIP 数据核字 (2021) 第 140826 号

出 版 人　徐建忠
项目策划　张　颖
项目编辑　赵　奂
责任编辑　徐晓雨
责任校对　何碧云
装帧设计　郭　莹
出版发行　外语教学与研究出版社
社　　址　北京市西三环北路 19 号（100089）
网　　址　http://www.fltrp.com
印　　刷　三河市北燕印装有限公司
开　　本　787×1092　1/32
印　　张　7.5
版　　次　2021 年 8 月第 1 版　2021 年 8 月第 1 次印刷
书　　号　ISBN 978-7-5213-2773-1
定　　价　52.00 元

购书咨询：(010) 88819926　电子邮箱：club@fltrp.com
外研书店：https://waiyants.tmall.com
凡印刷、装订质量问题，请联系我社印制部
联系电话：(010) 61207896　电子邮箱：zhijian@fltrp.com
凡侵权、盗版书籍线索，请联系我社法律事务部
举报电话：(010) 88817519　电子邮箱：banquan@fltrp.com
物料号：327730001

记载人类文明
沟通世界文化
www.fltrp.com